Las mejores alas

Toño Malpica

Las mejores alas

Toño Malpica

Ilustraciones:
Cristina Niizawa Ishihara

Coordinación de la Colección Castillo de la Lectura:
Patricia Laborde
Editora: Sandra Pérez Morales
Corrección: Gabriela Garfias y Alejandro Martínez
Diagramación y formación: Lorena Lucio Rodríguez
Portada: Marcela Estrada Cantú
Ilustración de interiores: Cristina Niizawa Ishihara

Primera edición: 2001
Segunda reimpresión: 2005

Las mejores alas

Av. Morelos 64, Col. Juárez,
C.P. 06600, México, D.F.
Tel.: (55) 5128-1350
Fax: (55) 5535-0656

Priv. Francisco L. Rocha 7, Col. San Jerónimo
C.P. 64630, Monterrey, N.L., México
Tel.: (81) 8389-0900
Fax: (81) 8333-2804

Ediciones Castillo forma parte del Grupo Editorial Macmillan

info@edicionescastillo.com
www.edicionescastillo.com
Lada sin costo: 01 800 536-1777

Miembro de la Cámara Nacional
de la Industria Editorial Mexicana
Registro núm. 3304

ISBN: 970-20-0179-X

Impreso en México/*Printed in Mexico*

A Diego y Marlene.
A mis hijos, cuando vengan.

I

Daaale tiempooooo

Para entender esta historia, primero hay que poner en claro dos cosas.

La primera: Gus era un niño de la calle. Sí, me refiero a uno de esos niños que, según se sabe, viven en la calle, no tienen papás que los cuiden, no van a la escuela y tampoco se lavan los dientes. Gus era todo eso y algunas otras cosas más. Porque él, además, solía andar por todos lados descalzo, tenía los cabellos erizados como de puerco espín y un color de piel que hacía pensar a quienes no lo conocían que tal vez trabajaba en una mina de carbón.

Pero aquí vamos a la segunda cosa sobre Gus que hay que saber antes de poder continuar nuestro relato: Gus era un ángel. No, no estoy hablando en "sentido figurado", como dicen algunos que se quieren pasar de listos. Cuando digo que Gus era un ángel, me refiero a uno de esos seres que se supone son muy bondadosos, tienen alas y viven en el cielo. De esos niños gordos y rubios con arpa que pintan en las paredes de las iglesias, para que me entiendan pronto.

Pero Gus no lo sabía.

Así es. Él no tenía la menor idea de que era un ángel. Y aquí entre nos, tal vez tampoco conocía el significado de la palabra porque, cuando todavía no era un ángel, muy pocas veces había ido a la iglesia y, como nunca conoció a sus papás, tampoco hubo alguien que se lo explicara. Así de fácil.

Y como sé que hay varios que están pensando que es imposible que alguien sea ángel o cualquier otra cosa —ya sea niño de la calle, panadero o soldado— les explicaré cómo sé que Gus era esas dos cosas antes de seguir nuestra historia, porque no me gusta que la gente frunza la cara cuando escucha o lee algo que no entiende o con lo que no está de acuerdo.

Gus siempre ha sido un niño de la calle. Tal vez hasta nació dentro de una caja de jabón a la mitad de una banqueta, pero eso no lo puede decir ni él mismo porque no se acuerda ni siquiera del día en que nació; cuando le preguntan, dice que tiene ocho años y que nació un lunes de mayo, sólo por ser original y porque mayo es su mes favorito, pero no puede decir el número del año ni el del día.

El caso es que, un niño que suele dormir debajo de un puente todas las noches, tiende a enfermarse muy seguido. Y eso es lo que le pasaba a Gus en los meses fríos (tal vez por eso fuera mayo su época preferida del año). Pues resulta que Gus se enfermó mucho un día y se fue a dormir a la bañera llena de papeles de colores que utilizaba como cama, pero se suponía que no debía despertar. Como lo leen. Una cosa muy triste, estoy de acuerdo. Pero a veces pasan cosas así. Y se preguntarán que cómo puedo estar tan seguro de lo que les cuento. Pues simple y sencillamente porque a mí se me encargó que esa noche fuera por Gus y lo trajera al Cielo.

Adivinaron. Yo también soy un ángel. Dunedinn, para servirles. Y tal vez convenga aclarar algunas cosas antes de que me empiecen a imaginar como un gordo rubio, cachetón y envuelto en un pañal que me queda grande. No. Yo era policía antes de ser ángel; y se me permitió conservar mi uniforme y mi placa en el cielo. Así que basta de pensar que toco el arpa y tengo alas de pluma de ganso en la espalda. Hay muchas cosas de los ángeles que la gente no sabe, pues.

Pero basta de hablar de mí. Les decía que aquella noche se me comisionó para ir por Gus y acompañarlo al cielo. Así que, sin perder un minuto, me planté frente a él y su bañera de colores. Lo moví levemente en el hombro y esperé a que despertara. Pero yo no lo conocía tan bien en aquel entonces y no sabía que algunas personas en el Cielo o en la Tierra tienen el sueño tan pesado como él. Tuve que sacar mi silbato y soplar fuertemente en su oído.

Gus abrió los ojos y como si me conociera de siempre, dijo:

—Hola, capitán.

Hay cosas que están fuera del control de todo el mundo, incluyendo a los ángeles. Y les digo esto porque, para no hacerles el cuento largo, no pude convencer esa noche a Gus de que tenía que acompañarme al Cielo.

Me presentó a Pepe, un oso de felpa con un solo ojo; me llevó a conocer a Pedro y

Anita, otros niños que dormían bajo el mismo puente en un colchón viejo; me hizo repetir trabalenguas; me mostró su habilidad para caminar sobre sus manos; me dio el papel de pirata Morgan en un juego de bucaneros del que no salí muy bien librado.

En fin, que no pude traerlo al cielo porque no se le dio la gana acompañarme.

Y cuando regresé sin él, obviamente me sentí triste por varios días, pues nunca había fallado en una misión como ésa. Pero mis compañeros me consolaron diciendo que eso pasa a veces con personas que son muy felices viviendo en la Tierra.

—*Daaale tiempooooo* —me dijo Valnerann, un ángel que antes era cantante de ópera y al que *El Jefe* le permitía decir todo cantando.

Así que decidí dejar atrás la tristeza y, simplemente, no perder a Gus de vista.

Es por eso que puedo contarles esta historia.

II

Vivir en ningún lugar y en todos a la vez

No se puede decir que Gus viviera en alguna parte. Es cierto, dormía en su bañera debajo del puente, pero eso no significaba que viviera precisamente ahí. Y es que él parecía estar en todos lados de la gran Ciudad de México. Era como si la ciudad fuera su casa. Era un auténtico niño de la calle porque, francamente, no se sentía tan bien en ningún otro lugar como no fuera en las banquetas, los parques, los camellones y las plazas.

Lo que sí se puede decir, es que Gus tenía tantos amigos que era imposible contarlos. Prácticamente hacía plática con cualquiera, y para eso se pintaba solo, pues no parecía distinguir entre chicos y grandes, ricos y pobres, bonitos y feos.

Con todo, los mejores amigos de Gus eran, naturalmente, los otros niños de la calle. Estaban Pedro y Anita, que eran hermanos y se sabían sus dos apellidos. También estaban Jorge y Chema, los dos niños con los que trabajaba Gus. (No hagan esa cara. ¡Claro que Gus trabajaba! ¿O qué creen que los niños de la calle comen aire nomás porque viven en la calle?) También estaba Yeyé, quien era la mejor guardameta del mundo a la hora de jugar futbol; y Otilio, un niño que, de tan pequeño que era, también era conocido como *el Chapulín;* y por último, Susana, una niña que nunca decía algo y se hacía entender por señas.

Aaah, y por supuesto… Timo.

Timo era un muchacho de unos 17 años con el cabello largo que tocaba la guitarra en los camiones. No era un niño de la calle —obviamente— ni lo había sido nunca, pero tal vez pocos en el mundo se entendían tan bien con Gus como él. A ambos les gustaba brincar en los charcos que se hacen después de la lluvia, les encantaban las paletas heladas de rompope y, por supuesto, también les fascinaban los espacios abiertos (algunas veces se habían quedado dormidos en el pasto de algún parque, viendo las estrellas). Por eso, cuando Timo iba cantando en un camión y pasaba por la esquina en la que Gus hacía su chamba, detenía su música para asomarse por la ventana y gritarle a Gus:

—¡Ése es mi charro!

Por último, he de añadir que Gus era muy feliz en todo lo que hacía. Desde que se levantaba e iba a mojarse los párpados a una de las llaves de agua del paradero de microbuses contiguo al puente, hasta cuando platicaba con Pepe en la bañera para poder quedarse dormido. Muy feliz, en verdad. Y esto lo digo porque, para iniciar nuestro relato, hay que mencionar que el mundo de Gus era prácticamente perfecto, hasta que pasaron dos cosas que se lo modificaron para siempre: Jorge se pintó los cabellos color pollo recién salido del cascarón... y a él se le ocurrió que quería pilotear un avión.

III

¿Estará muy lejos el cielo?

Pero bueno… vámonos por partes.

Una mañana de julio —ya había pasado más de medio año desde mi gran fracaso— Gus se levantó con una idea que lo había perseguido durante este tiempo: que el cielo estaba más cerca de lo que muchos de nosotros imaginamos y que a lo mejor no era tan difícil visitarlo. Así de simple. Y Gus miraba las nubes y las estrellas con demasiada frecuencia. Eso lo habían notado varios de sus amigos, pero entre los más preocupados estaban Jorge y Chema, pues a veces se le veía a Gus cara de haber perdido algo y estarlo buscando en el cielo (ya se imaginarán por qué).

El caso es que esa mañana Gus no sólo se levantó con la idea de siempre, sino que pensó que si la tenía pegada como chicle al cerebro seguramente era por algo, así que le dedicó un poco más de atención antes de salirse de la bañera. Y se puso a mirar un pedazo de cielo, a un lado del puente, durante un muy buen rato. Tan largo se hizo ese rato que de pronto apareció, entre su vista y el color azul del firmamento, la cara sonriente de Anita.

—¿Qué te pasa, *Gusano*? ¿Por qué no te levantas?

Anita le decía *Gusano*, vayan ustedes a saber por qué. Y Gus le decía a ella...

—*Ranita*, me espantaste.

Vayan ustedes a saber por qué.

—Estoy pensando en una cosa muy importante. Y tú me interrumpiste —dijo Gus con una seriedad que hizo que Anita lo agarrara de los cabellos y lo jaloneara.

—*Uy*, sí. Muy importante.

Total que Gus se dio cuenta de que sería imposible permanecer más tiempo en su bañera, meditando ese loco asunto del cielo y su cercanía, así que pegó un brinco, haciendo volar algunos de los papelitos de colores y, diciéndole adiós a Pepe con un guiño, corrió con Anita hacia la parada de los microbuses para mojarse las mejillas.

—¡El último tiene cara de mandril!

Pero fue un empate. O al menos, ése fue el veredicto de don Rómulo, un hombre robusto de camisa azul y nariz roja, muy amigo de casi todos los niños de la calle y que estaba a punto de subirse a un microbús para iniciar el día.

—¿Quieren una galleta? —les ofreció a Gus y a Anita, extendiendo una caja.

Ambos se sirvieron tres en vez de una (cualquier niño hace lo mismo si el dueño de las galletas se deja) y, con la boca llena regresaron corriendo al lado de Pedro, quien estaba a punto de salir a trabajar.

—¿Puedo acompañar al *Gusano*, hermano? —preguntó Anita.

Anita todavía era muy chica, por eso Pedro usualmente trabajaba solo limpiando parabrisas de coches. A Gus le caía muy bien Pedro porque, además de que una vez lo defendió de unos niños grandes que estaban molestándolo, se sabía unas historias de miedo muy buenas.

—Bueno, te doy permiso. Pero nos vemos aquí a las cuatro para comer —dijo Pedro, quien cuidaba mucho a su hermana de seis años.

—¡El último tiene pompas de elefante! —dijo Gus.

Salieron corriendo como bólidos por las calles. Y llegaron en un santiamén a la esquina en la que trabajaban Jorge, Chema y Gus, justo frente a la fuente de la Diana Cazadora, en el Paseo de la Reforma.

Y aquí viene la gran sorpresa.

Una vez que Jorge y Chema regañaron a Gus por llegar tarde, inició el día de labores. Anita se sentó a la sombra del puesto de dulces que atendía Lola (una muchacha de grandes anteojos y muchas, muchas pecas) y se puso a observar con gran atención a los muchachos.

El semáforo de la avenida se puso en rojo y comenzó la función.

A la voz de ¡uno, dos, tres!, Gus se subió en los hombros de Chema. Luego, Jorge se agachó y, pasando su cabeza por entre las piernas de Chema, se puso de pie levantándolo. Por último, Chema se paró en los hombros de Jorge y Gus hizo lo mismo en los de Chema para conseguir una pequeña pero impresionante torre humana. Tres niños, uno sobre otro.

—¡*Guau*! —dijo Anita.

Y Jorge comenzó a caminar frente a los autos que esperaban a que cambiara el semáforo a verde, haciendo aún más impresionante el espectáculo.

Posiblemente, algunos automovilistas también dirían o pensarían: "*¡guau!*"

El caso es que Jorge contó hasta diez y, a una señal de Gus, se arrodilló con cuidado para que éste se descolgara hasta el suelo y Chema se bajara de sus hombros. Y luego, a recoger a toda prisa las monedas que los automovilistas obsequiaban, agradecidos por haber presenciado tan sorprendente número.

—¿Verdad que deberían trabajar en un circo? —le dijo Anita a Lola.

Pero Lola no estaba atendiendo. Tenía toda su concentración en un libro muy gordo de esos que sólo tienen letras y ningún dibujo.

IV

Gus quiere volar

Pedro estaba enojado cuando Gus y Anita llegaron al puente, pues era muy tarde.

—Anita, te dije que a las cuatro. Si Gus no podía llegar temprano te hubieras venido tú sola —le dijo con una voz que no dejaba dudas de que estaba molesto.

Se sentaron en el sofá viejo que compartían para oír la radio y Pedro sacó tres tortas, una para cada uno.

—Gus quiere comprar un avión —dijo Anita con la boca llena.

—Gus está loco —dijo Pedro, disfrutando su torta como si fuera la última del planeta.

—No estoy loco —dijo Gus.

—Sí lo estás.

—Que no.

—Que sí.

—Que no.

Cuando se cansaron de discutir de esa manera, Anita ya había vuelto de la tienda con tres paletas de dulce que ella decidió disparar con su propio dinero.

—¿Y para qué quieres un avión, chaparro loco?

Gus se animó porque pudo, por lo menos, decir sus razones.

—Para ver las estrellas de cerca.

—Estás bien loco. Un avión cuesta muchísimo dinero. Estás loquísimo.

Y así siguieron, desde que dejaron su lugarcito bajo el puente hasta que llegaron al parque en el que se juntaban varios niños de la calle a jugar y compartir experiencias. Gus ya comenzaba a enojarse porque Pedro no dejaba de llamarlo chiflado. Cuando pudo, el pequeño de los cabellos parados le reclamó a Anita.

—No le hubieras dicho nada, *Ranota*.

Anita, en cambio, en vez de molestarse, le mostró su sonrisa chimuela. En el fondo estaba feliz de saber que Gus quería hacer algo tan… tan… bueno, sí, tan loco; pero también tan padre. Por eso en cuanto vio a Yeyé haciendo dibujitos en la tierra con un palo, corrió hacia ella para contarle.

—Hola, Yeyé. ¿Qué crees? Que *Gusano* y yo fuimos a una tienda grandota llena de hartos libros y me dijo que se va a comprar un avión.

Por fortuna nadie más oyó. Aunque seguramente ya se encargaría Pedro de contarles a todos.

Los niños se juntaban siempre en ese espacio del parque México que tiene varios animales de piedra. Entre osos, búfalos y leones inmóviles, jugaban a veces con una pelota de farmacia, o comentaban las películas que habían visto a través de los escaparates de las tiendas de teles, o simplemente contaban chistes.

En ese momento, llegó Jorge quien era el único que faltaba. Y todos se quedaron con la boca abierta porque su apariencia había cambiado bastante desde la última vez que lo vieron. Y hay que decir que Chema, Anita y Gus sólo lo habían perdido de vista por unas cuantas horas. Tenía, para empezar, el cabello pintado de amarillo, como si fuera rubio en vez de moreno; luego, llevaba puesta una chamarra de esas grandotas con las siglas de un equipo de futbol americano; y para terminar, llevaba unos zapatos tan brillantes que parecían espejos.

—¿Cómo la ven? —dijo mientras sacaba de la chamarra un peine y se acababa de parar los cabellos.

Los cuales, de por sí, ya apuntaban al cielo más que los del mismo Gus.

—¿Te sacaste la lotería? —preguntó Pedro completamente embobado.

Todos lo rodeaban como si de él emanara una luz.

—No. Conseguí una chamba por las noches.

¿Saben ustedes qué es la envidia? Pues imagínense el tamaño de la envidiota que se despertó esa noche entre todos los niños que hacían círculo alrededor de Jorge.

—¿Y qué chamba? —preguntaron varios al unísono.

Obviamente, si había modo de conseguir una así, todos iban a apuntarse.

—Es un secreto —dijo—. Además, todos ustedes están muy chicos.

Újule. Nunca hubiera dicho eso. No sólo le hicieron burla sino que, algunos, lo agarraron a manazos y lo tiraron al suelo para darle una gran pamba.

Jorge no se enojó de que le ensuciaran la chamarra, porque de veras estaba muy contento. Y quién no iba a estarlo con todo lo que llevaba encima. Hasta los

24

cabellos se había cambiado por otros. Era todo un personaje.

Cuando por fin se puso de pie y se sacudió el polvo, les insistió en que en verdad era un secreto. Pero les prometió que si había modo de conseguirles un trabajo así, no dudaría en hacerlo. Ahora fueron los hurras y los "viva Jorge". Algunos hasta empezaron a imaginarse lo que harían con su dinero cuando ya estuvieran trabajando con él. Anita, nada más en ese ratito, ya se había comprado todas las *barbies* existentes, con casa, carro y todo lo demás. Yeyé ya se había imaginado un uniforme de las Chivas del Guadalajara y unas porterías de tubo para jugar en el parque sin tener que poner piedras a manera de postes. El *Chapulín* soñaba con una cama de verdad, para poder dejar su caja de cartón.

Y Gus... Gus...

—Yo me compraría un avión para volar por encima de las nubes.

Bueno. Se trataba de soñar. Por eso nadie le dijo algo.

Cuando dieron exactamente las ocho de la noche, un auto grande y negro se detuvo frente a todos los niños, que tomaban agua de frutas sentados en la banqueta, sumidos en un gran silencio. Un señor gordo de anteojos oscuros abrió la puerta.

—Órale, mi Jorge. A chambear —dijo el hombre.

Jorge se subió al auto y todos aplaudieron. Ahora resultaba que hasta lo iban a recoger al parque en coche. Vaya trabajo envidiable.

V

¿Cuánto cuesta un avión?

Al día siguiente, Jorge se presentó a trabajar en la esquina como siempre. Y hasta parecía que había dormido como si nada, pues llegó antes que Gus y Chema. Hasta olía a perfume.

—No es perfume. Es loción —dijo él, mostrándoles la botella que había comprado apenas unos minutos antes.

Y los tres niños dieron su función diaria de la torre humana igual que siempre, sin importar que uno de ellos ya era prácticamente multimillonario. Sólo hubo una ligera variante en la rutina de todos los días: mientras Jorge caminaba en círculos sosteniendo a los otros dos niños, Gus, como parte superior de la torre, se animó a extender los brazos como si estuviera volando.

Al final del día, Gus traía todavía encima la misma idea del día anterior. Encargó su torta con Juan y se fue corriendo a la tienda que ya había visitado con Anita. Entró con gran confianza y fue derechito al estante de los libros grandes y llenos de fotos. Se detuvo ahí donde estaba uno muy reluciente que decía: *El gran libro de la aviación,* y como si el libro tuviera su nombre, lo tomó y se puso a hojearlo. Éste estaba ilustrado con muchos aviones, desde el principio hasta el fin. La sonrisa de Gus crecía como si estuviera trepado en un carrusel.

—¿Puedo ayudarle en algo? —dijo un vendedor güero, grandote, vestido con traje azul que se paró detrás de él.

Gus lo miró, sonriente. ¿Que si podía ayudarlo en algo? ¡Vaya pregunta!

—¿Cómo cuánto costará uno de éstos? —dijo Gus, señalando una de las fotos del principio.

En el avión sólo se veía un hombre sentado. Ese avión no podía ser tan caro; solamente le cabía una persona.

El hombre miró dentro del libro y luego hacia una puerta del fondo. La verdad es que su jefe lo había mandado pedirle a Gus que si no pensaba comprar algo

hiciera el favor de salir de la tienda. Pero el jefe ya se había metido a su oficina y no se le veía por ningún lado, así que él no sintió ganas de sacar a Gus porque, simple y sencillamente, le había caído bien. Volvió a mirar el libro y luego, a los grandes ojos de Gus.

—¿A qué se refiere, señor? ¿Al libro o al avión? —dijo el vendedor.

—Al avión, claro.

—Ese tipo de aviones ya no lo fabrican, señor. Los dejaron de hacer en la primera guerra mundial.

—Qué lástima. ¿Y no podré comprar uno viejo aunque sea?

—Pues... no creo que le convenga, señor, porque a lo mejor se le deshace en el aire. ¿No le gusta más alguno de los de acá?

El vendedor corrió las páginas del libro casi hasta el final. Unos jets preciosos se dibujaban sobre un cielo azul más que impecable.

—¿Qué le parece éste? ¿A poco no está muy bonito?

—Mucho. ¿Y como cuánto costará?

—Ni idea, porque aquí no los vendemos. Pero está muy bonito.

—Bien padrísimo.

Entonces el jefe apareció en la puerta y el vendedor se puso muy nervioso otra vez. Pero no por mucho tiempo, porque Gus cerró de inmediato el libro y se lo entregó. El gran señor güero, que se había puesto rojo como jitomate, volvió a su color blanco como de milagro.

—¡Ya sé! —dijo Gus—. Oiga, voy a ir por un amigo. Le encargo el libro tantito.

Y diciendo esto, salió Gus brincando a la calle.

VI

Timo y *Julieta*

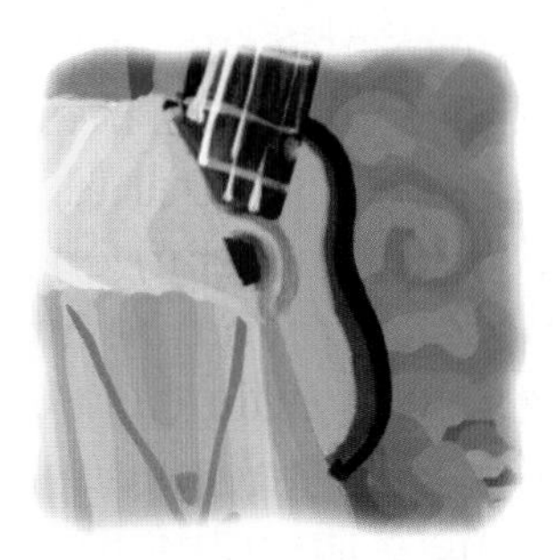

A Gus se le olvidó hasta la torta que Juan le había guardado.

Corrió hasta la esquina de Reforma donde está la columna de la Independencia. Se sentó en la banqueta y se puso a soñar con aviones de uno o dos asientos (que seguramente serían mucho mejores y más baratos que esos grandotes que llevan mucha gente y que se ven a cada rato volando encima de la ciudad).

Entonces se escuchó el grito que Gus estaba esperando.

—¡Ése es mi charro!

Timo asomaba su greñuda cabeza por una ventana de un camión que hacía parada en la esquina. A Gus se le iluminó la cara. Casi no había esperado nada.

De inmediato, Timo dio un brinco hacia la banqueta, con todo y *Julieta* en una mano —*Julieta* era el nombre de su guitarra— para aterrizar a un lado de Gus.

—Ése mi Gus. Vente. Te invito una limonada aquí en este restaurante.

Timo y Gus se parecían en muchas cosas, pero sobre todo en que ambos se sentían como en su propia casa en cualquier lugar. Lo mismo entraban dando brincos a una iglesia que a un edificio de oficinas o a una juguetería.

Entraron al restaurante que era medianamente lujoso, y se sentaron en la mejor mesa que pudieron encontrar. Una mesera se acercó y les ofreció un par de menús relucientes y grandotes. Los dos sumieron la cara en el menú, como si fueran a comer de todo. Cuando pasó un rato, regresó la mesera con su libretita.

—¿Desean ordenar?

Timo fue el que habló.

—Sí. Quiero una sopa de verduras, una hamburguesa, una carne tampiqueña bien cocida y unos tacos dorados de pollo con harto chile.

La mesera lo miró incrédula, mientras que Gus seguía escondido detrás del menú, con una sonrisa que parecía mazorca.

—¿Y de tomar, señor? —dijo la mesera, muy seriamente.

—De tomar, un refresco de manzana bien helado.

—¿Y usted? —le preguntó a Gus.

—Yo nada más una limonada —pidió.

Timo lo miró como si se sintiese muy ofendido.

—¡Válgame! ¿No va a pedir algo más, *lic*? —dijo con tono de supuesto enfado.

—No.

—¿De veras, algo más, *abogado*?

—No.

—¿Pero nada, nada, nada, nada, nada?

—No.

—Entonces a mí también tráigame sólo el refresco. Me choca comer solo.

Y diciendo esto, entregó los dos grandes menús a la mesera, a la que ya le empezaba a salir humo por las orejas.

Se tomaron el refresco con una gran lentitud y haciendo mucho ruido con el popote. Y hablaron de todo tipo de cosas, desde el nuevo trabajo de Jorge, hasta lo mal que estaban los Pumas esa temporada; desde una nueva calcomanía en el cuerpo de *Julieta,* hasta las pecas de Lola, quien aquí entre nos, le empezaba a gustar a Timo. Y, por supuesto, sobre aquello de volar por el cielo para alcanzar las estrellas.

—¿Qué te parece mi idea? —le preguntó Gus a su amigo.

—¿Que qué me parece, charro? ¡Me parece estupenda!

Y se echaron toda la tarde y hasta que cayó la noche sentados en una mesa del restaurante, platicando lo maravilloso que debe ser manejar un avión y poder verlo todo desde arriba: la gente como hormigas, la ciudad como un enorme nacimiento decembrino, los lagos como charcos, el mundo como un globo, las nubes…

VII

Una estrella, dos estrellas, tres estrellas...

Esa noche, Gus durmió "como un bendito" (aunque la verdad no sé por qué suelen decir eso las personas, si conozco a varios de acá arriba que cuando no pueden dormir se ponen a contar constelaciones enteras. Y ni así). Digamos mejor que Gus se quedó dormido esa noche... como una roca.

Y por eso me costó tanto trabajo despertarlo cuando decidí bajar a platicar con él.

Verán. Esa misma tarde tuve una discusión muy fuerte con Zeredionn, un ángel que además de estar fumando siempre un puro, se las da de tener la razón todo el tiempo, lo cual enoja a más de tres. Y yo, cuando me enojo, se me espanta mucho el sueño y no se me da eso de contar estrellas, planetas o qué sé yo. Por eso bajé a charlar con Gus.

Pero eso sí, tuve que tocar muy fuerte mi silbato para que despertara. Unas cuatro veces cuando menos.

—¡Hola, capitán!

—Hola, Gus. ¿Soñabas?

Se sentó dentro de su bañera y se restregó los ojos con las manos. Me pregunté si alguna vez ese niño se despertaría de mal humor.

—Sí, soñaba que iba dentro de un cohete y que llegaba hasta Saturno.

Curioso. Yo había estado en Saturno hacía pocos minutos; a veces patinar en sus anillos me produce algo de sueño. Pero no esa noche.

—¿Jugamos a los policías y ladrones?

—Otro día, Gus.

Me senté en la banqueta, apoyé los codos en mis rodillas y comencé.

—Gus, respecto a eso de que quieres comprar un avión…

—Sí. ¿Qué onda?

—Mira. Me parece muy bien, pero…

—Oye, capitán… escucha esta canción que me cantó Timo hoy en la tarde.

—¿Canción?

—Sí. Escucha. Está bien loca.

Y se soltó a cantar algo así como:

Al chango Filemón, le duele el corazón,
pues quiere a una changuita que se llama Concepción.
Y cuando ella se acerca,
él se sube a la cerca,
para poder cantarle al oído esta canción...

Total que me quedé sin saber cómo Filemón le declaraba su amor a Concepción y, peor aún, sin hablar del asunto de los aviones con Gus, porque se quedó súbitamente dormido recargado en un poste. Y yo tuve que cargarlo en mis brazos y llevarlo a su bañera, sintiendo que en realidad lo depositaba en una nave espacial, que no tardaría mucho en despegar con dirección al infinito.

VIII

...Ni son tan caros

Déjenme decirles que tal vez esta historia no hubiera pasado de este capítulo si no hubiera sido por culpa de un hombre muy bondadoso quien, cierta tarde, no tuvo corazón para decir la verdad.

Resulta que habían pasado ya más de tres semanas desde que Gus había tenido la idea de comprarse un avión. Y en ese lapso había visitado varias veces la tienda de libros y ya hasta se había aprendido la letra y el número del avión que quería (háganme ustedes el favor). Timo le había ayudado a decidirse, y entre los dos hasta habían pensado de qué color lo iban a pintar. En fin... El caso es que la tarde de la que les hablo, Gus ya había dibujado en una hoja —gracias a que el vendedor de libros se lo permitió con muy buena voluntad— el avión con todo y todo. Hasta las nubes pintó, vaya. Y cuando Gus ya se marchaba, el vendedor le apuntó en una orilla de la hoja un número de teléfono. ¿Qué número? Pues se supone que el de una "tienda de aviones". Así como lo leen. El vendedor le dijo a Gus que hablara a las cinco y veinte en punto para preguntar el precio de su avión. ¿Y por qué a esa hora exactamente? Pues naturalmente, porque había truco. El número que le dio el vendedor era el mismo de la tienda de libros, y él quería que Gus le llamara ahí mismo; él se haría pasar por un vendedor de aviones (y no de libros) para decirle el supuesto precio del avión. Vaya lío.

La idea de nuestro amigo vendedor era decirle a Gus un precio tan alto, para que éste se desilusionara y abandonara, de una vez por todas, su loco sueño de comprar un avión. Así estaba la cosa.

Pero el vendedor no contaba con que Gus le pidiera el favor a don Rómulo.

Don Rómulo estaba muy quitado de la pena sentado en la escalinata de su microbús comiéndose un pastelito, cuando llegó Gus corriendo como si lo persiguieran. Eran las cinco con quince minutos.

—¡Don Rómulo! ¡Don Rómulo! ¡Présteme su teléfono!

Don Rómulo se limpió las migajas del pastel y con los ojos muy abiertos, le preguntó a Gus para qué lo quería.

—Es muy importante. Es para preguntar el precio del avión que quiero comprar.

Obviamente, ya hasta don Rómulo estaba enterado del capricho de Gus. Y aunque también desaprobaba su locura, había decidido no meterse porque en el fondo le daba gusto que el pequeño tuviera un sueño, aunque fuera tan disparatado como ése. Lo malo es que verlo llegar a las cinco y cacho de la tarde con una petición como ésa, ya llevaba las cosas muy lejos.

—A ver, espérate —dijo el chofer—. ¿Cómo está eso del precio de tu avión?

—Sí. En este teléfono me lo dirán. Pero tengo que hablar a las cinco y veinte exactitas.

Don Rómulo tomó la hoja de papel y la examinó. En efecto, tenía un número telefónico escrito, pero eso nada significaba. Podía ser una broma.

—¿A las cinco y veinte dijiste?

Don Rómulo miró su reloj; eran las cinco y diecinueve. Gus bailoteaba como si se estuviera haciendo pipí.

—Yo llamo —dijo don Rómulo. Y marcó el teléfono.

Cuando contestó el vendedor de libros, supo de inmediato quién llamaba.

—¿A dónde hablo? —preguntó don Rómulo.

—*Eh*... Aviones Supersónicos, S.A. —contestó el vendedor un poco nervioso. No esperaba que la voz de Gus se oyera tan ronca por teléfono.

Don Rómulo miró a Gus. ¿Podría ser que el teléfono verdaderamente fuera de una tienda de aviones? ¡Vaya sorpresa!

—A ver, dígame por favor... ¿cuánto cuesta un... un... *F-16*? —preguntó don Rómulo.

Gus asintió con la cabeza, inquieto.

—Sí... déjeme checo... cuesta exactamente 32 millones 554 mil 765 pesos con 30 centavos. ¿Cuántos quiere? —contestó el vendedor de libros convertido en vendedor de aviones.

Don Rómulo tragó saliva y apuntó la cifra en la hoja. En efecto, era un dineral.

—Yo vuelvo a llamar, gracias —dijo, y colgó.

Gus lo miraba sin pestañear siquiera.

Y aquí es donde les digo que la cosa se estropeó todita, porque si don Rómulo

hubiera pasado el mensaje del vendedor de libros-aviones, tal cual y como lo había escuchado, a lo mejor los sucesos se hubieran desarrollado de otra manera. Pero no fue así. Al ver a Gus tan esperanzado se acobardó.

—¿Cuánto? ¡Dígame, don Rómulo! Mire que ya llevo ahorrados...

Y diciendo esto corrió a su bañera y sacó una caja de zapatos de la que extrajo varias monedas y billetes.

—Ya llevo ahorrados... —continuó—, exactamente, trescientos setenta y cinco pesos con veinte centavos. ¿Cuánto me falta?

Don Rómulo quiso tragar saliva, pero no pudo; un hombre que consume tantos pasteles y galletas suele volverse extremadamente blando y dulce, incapaz siquiera de lastimar a una mosca. Por eso pasó lo que pasó.

Don Rómulo miró la hoja y comenzó a tachar números. Primero tachó el tres de la izquierda. Pero como la cantidad se seguía viendo muy grande, también tachó el dos contiguo. Y luego, el cinco. Pero la cantidad seguía mostrando mala cara. Así que se decidió a tachar también el otro cinco.

—¿Por qué tacha esos números? —preguntó Gus.

—Es que me los dictó mal el vendedor.

—*Ah*, bueno. ¿Cuánto entonces?

Don Rómulo pudo, por fin, tragar saliva de nuevo. Le pasó la hoja a Gus.

—Cuatro mil setecientos sesenta y cinco pesos —contestó—, y treinta centavos.

Gus saltó hasta el cuello de don Rómulo para abrazarlo, feliz. Aunque no era muy bueno para las matemáticas, sí se daba cuenta de que un número de cuatro cifras no era tan inalcanzable. Ni siquiera para un niño de la calle.

Don Rómulo se echó a reír junto con él. Ya habría tiempo para arrepentirse de la tontería que acababa de cometer.

IX

¿Quién duerme en una caja de cerillos?

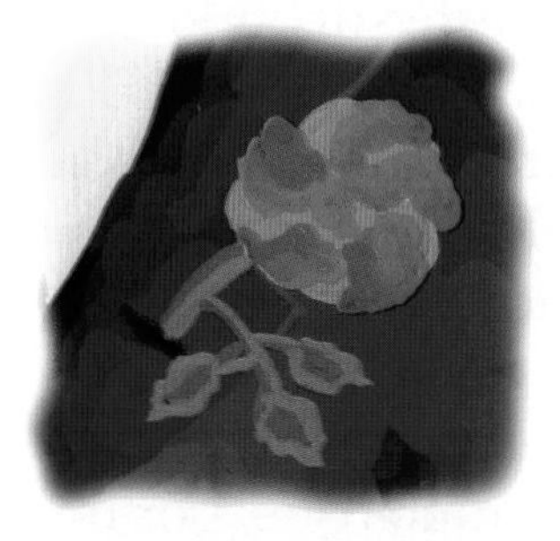

La misma tarde que Gus terminó de juntar sus primeros ochocientos pesos, me enteré por Zilonn —un ángel que suele saber las cosas antes de que pasen— que ese mismo día Jorge invitaría al *Chapulín* a unírsele en su trabajo secreto. Eso no me pareció nada bien y por eso le pedí permiso al *Jefe* para meter mi cuchara.

Ya sabrán ustedes a su tiempo por qué eso no me dio gusto y me metí donde no me llamaban.

El caso es que pude arreglar que el licenciado Gumaro Oropeza les hiciera una visita. ¿Que quién es el licenciado Oropeza? Bueno, pues imagínense a un hombre alto como pocos y con la nariz muy parecida a la de un ratón. Los cabellos, rojos como si tuviera la cabeza encendida y los pies tan grandes que bien podrían pasar por los de un payaso. Tiene la cabeza siempre en las nubes y nunca se le puede ver sin que esté silbando una canción.

El licenciado Oropeza, además, tiene un corazón tan grande que apenas y le viene bien con el cuerpo. Y es que el licenciado es el director de una casa hogar.

Verán... una casa hogar es un lugar en el que se da asistencia —o sea cama y comida— a niños que, por no tener papás, tampoco tienen casa. O sea, niños de la calle. El licenciado Oropeza suele salir de su casa hogar e invitar a los niños que duermen en los jardines, como Yeyé; en cajas de cartón, como el *Chapulín*; bajo un puente, como Gus, Pedro y Anita; o en edificios en ruinas, como Susanita, a que se vayan a vivir con él. Les ofrece televisión gratis, comida con todo y postre, baños con champú y...

Pero mejor vamos a verlo por nosotros mismos.

La tarde de que les hablo, Gus y Anita hacían cuentas de lo que él ya tenía ahorrado en su caja de zapatos: ochocientos doce pesos con cuarenta centavos. Ocasión de júbilo, pues. Por eso se fueron

canturreando desde el puente hasta el parque México.

Ahí fue donde yo intervine porque el licenciado Oropeza estaba un poco perdido, buscaba el parque España y yo me encargué de que llegara mejor al parque México. En cuanto iba a pedir informes al señor de los globos, vio llegar a Gus y a Anita de la mano. Eso lo hizo decidirse a hacer una parada ahí y platicar un rato con ellos. El licenciado sabía reconocer a un niño de la calle en cuanto lo veía.

—Buenas tardes —dijo—. Ando buscando por aquí a un niño que supe que duerme dentro de una caja de cerillos.

—A lo mejor es el *Chapulín* —contestó Anita riendo.

En esos momentos llegaban el *Chapulín*, Yeyé y Susanita.

—Te buscan, *Chapulín* —dijo Anita.

—¿Quién? —preguntó asombrado.

—Este señor.

El licenciado Oropeza tuvo que sentarse en el suelo para estar a la altura del *Chapulín*. Le extendió la mano y le ofreció un folleto muy brillante.

—Qué tal, señor. Permítame presentarme: Gumaro Oropeza para servirle. Quiero ofrecerle humildemente mi casa pues he sabido que usted no duerme sobre una cama sino dentro de una caja de cerillos. Y como a mí me sobran camas, he pensado que tal vez podría interesarle.

El *Chapulín* tomó el folleto, pero no lo miró.

—Me está viendo la cara de tonto, ¿no? Yo no duermo en una caja de cerillos, no sea bobo.

Todos los niños se rieron. El *Chapulín* festejó también. Pero Oropeza había conseguido lo que es más difícil de sacarle a un niño a veces: su atención. Les repartió a todos sus folletos. En la portada decía *Casa hogar Niño feliz* y mostraba varias fotos donde se veían jardines, dormitorios, cuartos de juegos... así que el licenciado continuó con su discurso.

—La oferta es para todos. En mi casa hay lugar para todos. Cada uno podría tener su propia cama. Todos podrían bañarse y comer tres veces al día. Tengo una televisión grandota y un teatro pequeño. ¿Qué dicen?

Ninguno pronunció palabra. Fue Yeyé la que expresó lo que todos pensaban.

—Aquí hay trampa.

El licenciado Oropeza sabía por experiencia que ningún niño dice que sí a la primera. Pero ya los tenía bastante deslumbrados, lo cual era suficiente conquista para esa tarde. Se puso de pie. Parecía un gigante rodeado por gnomos. Y dijo:

—No hay trampa. Pero sí condición.

—Ya sabía —dijo Gus, a quien no se le iba una.

—La condición es: todos los niños deben ir a la escuela y sacar puros dieces.

Y aunque la curiosidad era mucha, sólo había uno que parecía completamente interesado y dispuesto a decir que sí de inmediato: el *Chapulín*. La sola idea de dormir en una cama le ponía la cara como de hipnotizado.

—Piénsenlo. Ya nos veremos otra vez por aquí. Quédense con los folletos y luego me dicen —añadió el licenciado.

Y así, el licenciado Oropeza se fue por el parque —en el que estuvo perdido media hora— mientras los niños comentaban el suceso. A algunos les parecía bien; a otros mal. Otros no sabían. Y justo cuando el *Chapulín* estaba a punto de hablar y convencerlos a todos, llegó Jorge.

—Hola, muchachos. Les tengo una muy buena noticia.

Todos lo rodearon, ansiosos de saber la buena nueva.

Jorge sacó su peine negro brillante y se acicaló el pelo. Ya hasta traía un nuevo anillo en una mano y un reloj grandote y dorado.

—¡Ya! ¡Dinos! ¡Qué, qué, qué! —dijeron todos.

—Mis jefes necesitan a otro que les ayude.

Todos brincaron de alegría. Ya se veían con los pelos güeros y un peine que echara luces. De la casa hogar ya ni se acordaban.

—Necesito que el *Chapulín* me ayude —remató Jorge.

El *Chapulín* se quedó mudo, con la boca abierta. De pronto, su vida parecía mil veces mejor. Y eso que ese día ni siquiera se había lavado la cara.

X

Alguien se ha enamorado...

¿Les dije que Timo estaba enamorado de Lola? Claro. Pero no crean que era uno de esos amores pasajeros en los que el enamorado piensa sólo a veces en su dama. Timo la tenía presente hasta en la sopa. No podía ni dar un acorde en *Julieta* sin estar pensando en Lola.

¿Y saben ustedes cuál era el problema? (No se rían porque es un problema muy común entre los enamorados del tipo de Timo.) El problema era que Lola ni siquiera sabía el nombre de nuestro amigo. Como lo leen. Y dirán ustedes que la solución era tan fácil como ir y presentarse, regalarle una flor e invitarle un helado. Pero si piensan así es que nunca han estado enamorados. Verán... cuando uno está tan enamorado como Timo, basta con tener a la damisela enfrente para que se le olvide a uno todo, hasta el idioma. Al enamorado se le hacen las piernas de chicle y siente que se va a desmayar. Algunos llegan hasta el punto de salir corriendo, presas del pánico. Por eso Timo no podía acercársele a Lola así como así.

Pero tenía a Gus. No lo olvidemos.

El día en que Timo se decidió a hacer algo fue porque había pasado toda la noche sin pegar un ojo (así se dice cuando uno no puede dormir por estar pensando en muchachas pecosas con anteojos). Entonces, se presentó muy temprano en la esquina de las acrobacias de Gus, Chema y Jorge. Estaba muy bien peinado y hasta le había sacado brillo a *Julieta*. Lola, no obstante, estaba ensimismada en su libro gordo. Con todo, Timo no se desanimó. Esperó a que llegara Gus sentado en la banqueta que daba frente a Lola, sin quitarle la vista de encima.

—¡Hola, mi charro! —saludó Gus a Timo con mucha alegría.

Sí, esa misma alegría que sienten los charros en las películas cuando se encuentran y se saludan. Y Lola seguía sin voltear.

Como Jorge aún no llegaba, Timo aprovechó para llevarse a Gus hacia la fuente de la Diana Cazadora. Ahí le hizo saber su inquietud.

—¿Así que gusta Lola? —dijo Gus, con una voz tan fuerte que Timo le tuvo que tapar la boca. Pero Lola ni de chiste había escuchado.

—No te burles, mi charro.

Pero Gus no se burló. Al contrario, hasta le dio gusto porque Lola le caía muy bien, aunque siempre estuviera estudiando.

—Quiero que me ayudes a pensar cómo le hago —dijo Timo.

Y se sentaron en la banqueta, como solían hacer cuando discutían de futbol.

—¡Ya sé! —dijo Gus—. Como te da pena decirle, le escribes recaditos y yo se los entrego.

A Timo le brillaron los ojos. Era una idea muy buena, excepto por un detalle.

—No, Gus. Si tú le das los recaditos se va a imaginar luego luego que son míos. Mejor que se los dé Anita.

Exacto. Con eso quedaba solucionado el problema. Y Timo se sintió tan feliz que cantó una canción para Gus. Una que hablaba de una jirafa que se llamaba Rafa. Al final de la música, llegó Jorge, así que

Timo tuvo que apurarse a escribir el primer recadito. Decía algo así como:

Si yo tuviera una estrella, le pondría tu nombre. Y nunca la dejaría apagarse.

Esa misma tarde los ojos de todos los niños que se reunían en el parque México estaban puestos en la esquina por la que solía llegar el *Chapulín*. Todos estaban ansiosos por saber cómo le había ido. Su inquietud era tanta que algunos hasta habían comenzado a dar vueltas alrededor de un poste. Anita y Chema se perseguían en círculos; Pedro y Gus estaban sentados con la vista fija en la esquina.

Entonces apareció Yeyé, pero Susanita no la acompañaba.

—¿Y Susanita? —le preguntaron.

—No me acompañó a trabajar —explicó Yeyé—. Es que donde vive, a veces sueltan a un perro negro muy feo que le da miedo. Y cuando anda por ahí el perro, ella no sale a ningún lado.

A todos eso les pareció muy triste, pero la tristeza se les quitó de inmediato pues apareció por la esquina, nada más y nada menos que…

—¡*Chapulín*! —gritaron a coro.

LOLA

Había llegado la hora de presumir. Sólo ese día, el *Chapulín* se había comprado una playera del Cruz Azul —que ya llevaba puesta— un reloj de cuarzo y varias estampas de luchadores. Y todos estuvieron de acuerdo con que nada podía ser mejor que poder comprarse tantas cosas.

—Hoy me comí una hamburguesa doble yo solo —les contó *Chapulín*.

Y como todavía faltaba tiempo para que pasara Jorge con el señor del carro negro a recogerlo, les invitó a todos un pastelito y un refresco de la tienda. Hasta le prometió a Yeyé que la ayudaría a comprarse una playera de las Chivas igual a la de él.

—¿Y tú sí nos vas a decir de qué trabajas? —le dijo Gus mientras devoraba su pastelito.

Pero el *Chapulín* dejó de sonreír y dijo, muy serio:

—No puedo. Es un secreto.

XI

Capricho de un mes

Y entonces, ocurrió lo que Gus temía tanto desde hacía ya varias semanas: Jorge faltó a trabajar, simplemente no llegó.

Chema se desesperó cuando dieron las doce y media, y se fue. Se sentía tan triste que le dijo a Gus que no iría en la tarde al parque. Y Gus no le dijo nada, porque lo comprendía perfectamente. Se recargó en un poste y se puso a mirar hacia arriba, envidiaba a los pajaritos que no tenían que ahorrar para poder volar.

Se quedó pensativo y cabizbajo ya que a él le gustaba mucho hacer su trabajo. Y que Jorge faltara y lo dejara así nomás viendo a los demás trabajar, lo ponía entre triste y enojado. Así que se fue, mirando hacia el suelo, hasta el puente donde estaba su bañera. Tenía ganas de platicar con alguien, aunque fuera Pepe. Pero lo malo de hablar con Pepe era que nunca contestaba y a veces cuando uno está triste necesita alguien que diga frases como: "qué lástima" o "no me digas" o "a poco".

Por eso cuando vio a don Rómulo llegar en su microbús, decidió subirse con él y dejar la plática con Pepe para la noche. Se acomodó en el asiento que va detrás del conductor y hasta se le compuso el ánimo.

Gus contó con detalle el motivo de su tristeza, que cada vez se desvanecía más y más. Don Rómulo, por su parte, hacia lo que podía para alegrarle la tarde.

—Vas a ver que Jorge se enfermó o algo así. Y que mañana ahí va a estar como todos los días —dijo.

Y así, recorrieron las calles hasta que a Gus se le olvidó que en algún momento estuvo triste.

Pero lo que fue el broche de oro o la cereza en el pastel, como suelen decir, fue la respuesta que don Rómulo dio cuando Gus preguntó:

—¿Como en cuántos días cree usted que juntaré para mi avión?

Y es que don Rómulo ya traía la respuesta muy bien trabajada, pues su esposa le había dicho que a ningún niño le duran los caprichos más de un mes. Por eso dijo, con toda confianza:

—Poco más de un mes.

Gus canturreó y comenzó a brincotear en el asiento acolchonado del microbús. Y don Rómulo se unió a los canturreos. No se sentía mal por haberle mentido, puesto que confiaba en el buen tino de su esposa. Lo que no sabía don Rómulo es que lo del avión para Gus no era un capricho.

XII

Por eso eran amigos, ¿no?

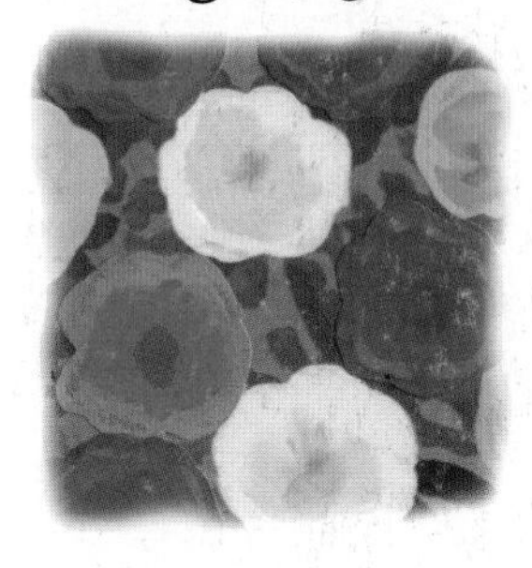

Pues don Rómulo se equivocó. Y no me refiero a aquello del tiempo que, según él, se tarda un niño de la calle en juntar dinero para comprarse un *F-16*, que en eso ya sabemos todos que estaba más que equivocado. Me refiero a lo de que Jorge no faltaría a trabajar al día siguiente.

Efectivamente, a Chema y a Gus les dieron otra vez las nueve y media sin que su amigo apareciera por algún lado.

Gus se puso tan triste que fue al parque más temprano que de costumbre. Se sentía tan mal que ni hambre tenía. Ni veía más allá de su nariz. Sus pensamientos lo absorbieron y, mientras se imaginaba que volaba por encima de las nubes, Susanita llegó al parque y se paró frente a él.

—¡Susanita! ¿Qué haces aquí? —dijo Gus, quien de pronto se sintió menos triste.

Susanita le explicó con señas que no había ido a trabajar ese día porque el susto del perro negro la había enfermado del estómago. Pero que ya se sentía mejor y por eso decidió irse temprano al parque. Además de que ya habían guardado al perro.

—¡Vamos a mojarnos los pies a la fuente! —dijo Gus, feliz de no tener que estarse imaginando todo el día a él mismo piloteando su avión.

Corrieron a la fuente y estuvieron platicando (a su modo, claro). Hablaron de ir un día al cine juntos (Susanita invitaría para que Gus no dejara de ahorrar) y de comerse una pizza completa. Hablaron también de comprar una tortuga y hacer figuras de lodo de sus personajes favoritos, y de que Susanita aprendería a cantar canciones, si tuviera voz como toda la gente.

El tiempo voló y les dieron las cinco de la tarde. Se fueron a la sección de los animales de piedra. Ahí, para sorpresa de Gus, ya estaba Jorge. Así que fue directamente hacia él para reclamarle.

—¿Por qué no has ido a trabajar, *eh*? —le dijo con la mejor cara de serio que pudo encontrar.

—Perdóname, cuate. Mira, te traje cien pesos para que no te sientas tan mal.

—No quiero que me des dinero. Quiero que trabajes con nosotros.

Pedro, quien también ya estaba ahí, lo miró y le asombró su determinación.

Jorge bajó los ojos. Se veía cansado y un poco triste. Gus pudo ver que sus cabellos negros ya se asomaban otra vez debajo de los de color amarillo.

—Tienes razón, mi cuate. Ya no voy a fallar. Eso es muy importante para ustedes —dijo Jorge. Luego, agregó—: Y también para mí.

Gus se volvió a sentir bien. Estimaba mucho a Jorge y, aunque le estuviera yendo muy bien en su chamba de las noches, no quería que dejara de hacer la torre humana. Después de todo, por eso eran amigos, ¿no?

XIII

El día en que se fundieron las estrellas

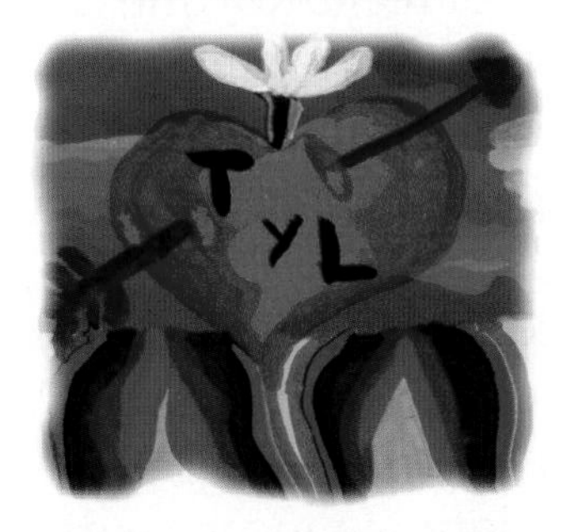

Pasó una semana exactita y Jorge no faltó un sólo día, lo que tenía a Gus más feliz que nunca. Disfrutaba de la torre humana como no tienen idea. Abría cada vez más los brazos cuando estaba sobre los hombros de Chema e imaginaba que iba en su avión, recorriendo las calles de la Ciudad de México.

Pero por el momento no nos ocuparemos de esto.

Y es que ese día era muy especial. Al menos para Gus y para Timo. ¿Por qué? Porque era el día en que Lola conocería por fin a su admirador secreto.

Eran las doce de la mañana cuando apareció Anita en la esquina donde trabajaba Gus, llevaba en sus manos el último de los recaditos junto con unas flores amarillas (que Timo había cortado en un parque).

Lola aspiró el perfume de las flores y se apuró a leer el recadito, que decía: *Cambiaría la eternidad por un minuto contigo*. Pero lo importante estaba escrito en la parte de atrás, decía: *Espérame hoy en esta misma esquina. A las siete.*

El corazón de Lola se aceleró como si acabara de echar carreras. Anita se le quedó viendo con una gran sonrisa.

—Me quiere conocer —dijo Lola, de pronto entre triste y nerviosa.

—¿Y tú, no? —preguntó Anita feliz.

—Claro que quiero.

Pero la verdadera razón por la que Lola se puso tan pensativa no era ésa exactamente, sino otra que ya habrían de saber todos al final del día.

El caso es que todo transcurrió normalmente hasta la cinco de la tarde. Excepto para Lola, quien se equivocó al darle el cambio a más de un cliente. Desde la llegada de Anita no volvió a abrir su libro gordo. Y tuvo que cerrar el puesto una hora antes para poder ir a su casa a arreglarse. Quería ponerse un vestido amarillo que le habían regalado en navidad.

¿Y Timo?, preguntarán ustedes.

Pues Timo ya lo tenía todo resuelto; y aunque también estaba muy intranquilo, en realidad se sentía más feliz que nervioso. Se había puesto una corbata de su papá y se peinó, quizá por primera vez en su vida.

Lola llegó a la esquina acordada cinco minutos antes de las siete. Sacó un espejito y se miró. Pensó en quitarse los anteojos pues su mamá opinaba que lucía mucho mejor sin ellos. Lo malo era que si lo hacía, no podría ver.

Entonces, cuando dieron exactamente las siete y ella apenas había decidido quitarse los anteojos, apareció un bicitaxi (un bicitaxi es un taxi con forma de carruaje jalado por una bicicleta). Pero Lola no se fijó en el joven que conducía el bicitaxi, sino en quién iba arriba de él. Hasta se tuvo que poner los lentes porque no podía creerlo.

—¡Gus! ¿Qué haces aquí? ¿No me digas que tú eres el de los recaditos? —dijo Lola, quien ya se estaba arrepintiendo de haberse puesto su vestido amarillo.

Gus se bajó de un brinco para ayudarla a subir.

—Claro que no. Tu admirador secreto me pidió que te enviara el carruaje.

Así que Lola se subió al bicitaxi y Gus la despidió a lo lejos con una mano.

Pero ahí no terminaba su participación, así que salió corriendo hacia la fuente de la Diana, donde lo esperaban Chema y Anita.

—¡Vámonos! Hay que llegar antes que ella —dijo.

Mientras tanto, Lola iba encantada. No sólo porque el detalle del carruaje se le hizo muy romántico, sino porque de pronto empezó a sonar una música. Era la voz de un joven (ya se imaginarán quién) y su guitarra, cantando canciones románticas que salían de una grabadora que iba a un lado de ella.

Cuando llegaron al sitio en el que sería la reunión ya casi eran las ocho de la noche, hora en la que sería la cita de adeveras. Lola no reconoció el lugar de inmediato, pero se trataba del parque México.

Fue Chema quien la recibió y ayudó a bajar del carruaje. Tomó la grabadora y se perdió como si fuera un duende del bosque, dejando a Lola sola y sin saber qué hacer. Fue entonces que apareció Anita. Lola se volvió a poner los anteojos y decidió mejor dejárselos puestos.

—Anita. ¿De qué se trata todo esto?

Anita se puso un dedo sobre los labios, indicándole que guardara silencio y le

T
Y L

pidió con un movimiento que la siguiera. Caminaron a través de árboles y jardines, en dirección al área del pequeño lago. Lola se sentía cada vez más nerviosa, pero pensaba que no cambiaría ese momento por nada en el mundo.

Entonces, llegaron a una reja y Anita le pidió que se agachara y entrara por una pequeña abertura. A Lola le dio la impresión de que estaban haciendo algo incorrecto, pero no le importó. Al entrar por la reja, pudieron llegar a la orilla del lago, en la que había una lancha pequeña descansando en la orilla. Anita le hizo un ademán para que subiera.

—¿Estás loca? ¿Y si me caigo? —dijo Lola.

Pero Anita sonrió y se perdió en el parque igual que Chema.

A Lola no le quedó otra que subirse a la lancha. En cuanto estuvo arriba una cuerda del lado de la pequeña isla de los patos la empezó a jalar. Así que Lola iba en una lancha a través del lago, en dirección de la isla, escoltada por un centenar de blancas aves. Una música suave se escuchaba del otro lado de la orilla. La misma música que la acompañó en el bicitaxi.

Cuando la lancha tocó el borde de la isla, apareció nuevamente Gus.

—Gus, ¿me quieres decir de qué se trata todo esto?

Pero Gus, obviamente, no dijo nada, perfectamente a gusto en su papel de duende del bosque. Le indicó que lo siguiera y ella caminó detrás de él.

Entonces, llegaron al final del recorrido. Una mesa iluminada por un par de velas, esperaba con una elegante cena para dos. La música ya se escuchaba muy bien desde ese punto. Gus le mostró la silla en la que debía sentarse y, por supuesto, desapareció. Entonces, un millar de pequeñas luces (de esas que se usan para los árboles de navidad) se encendió alrededor de la mesa. Lola sintió que se iba a desmayar. Pero no lo hizo. Entonces apareció, por fin, su enamorado.

Timo la saludó con la mejor de sus sonrisas. Y aquí entre nos, si Lola se veía hermosa con su vestido amarillo, Timo se veía muy guapo con la corbata de su papá y el cabello peinado hacia atrás.

—Hola —dijo Timo, extendiéndole la rosa más roja que se hubiera visto jamás.

—Hola —contestó ella, quien se sentía en un cuento de hadas.

Entonces se acordó de que todavía traía puestos los anteojos y rápidamente se los quitó, pero al instante empezó a ver todo borroso.

Timo, quien ya se había sentado frente a ella, le dijo:

—¿Por qué te quitas los lentes? Te ves muy bonita con ellos.

Lola se ruborizó tanto que hasta se le borraron las pecas y se puso otra vez los anteojos. Timo sonrió y, dando un aplauso, llamó al mesero.

—¡Mesero! ¡Vino para dos!

Apareció Gus, quien ya se había puesto una corbata de moño y también se había peinado (él sí, por primera vez en su vida). Llevaba una botella de refresco de uva en la mano y lo sirvió en las dos copas que estaban frente a Timo y Lola.

La cena consistió en taquitos al pastor y pastelitos de postre. Pero eso no fue lo mejor. Lo mejor fue que tanto él como ella estaban encantados y felices. Timo le contó chistes y ella se rió como nunca. Ella le contó que estaba estudiando para ser abogada y él aplaudió de pie. Él le dijo que cantaba en los camiones, pero que algún día cantaría para todos los niños del mundo; y ella le aplaudió también.

Y todo hubiera sido perfecto esa noche si no fuera porque Lola se acordó de algo que tenía que decirle a Timo. Eso que la había puesto triste desde un principio.

—Timo, tengo que decirte algo —dijo, aclarándose la garganta.

—Muy bien. Pero después te cuento el chiste del chango y el león.

Lola se entristeció, pero habló de todas maneras; tenía que hacerlo.

—Es que... es que... debo decirte que ya tengo novio —fue lo que confesó.

Y la verdad, amigos, es que con esta noticia hasta a las estrellas se les fue la luz.

XIV

Ya merito...

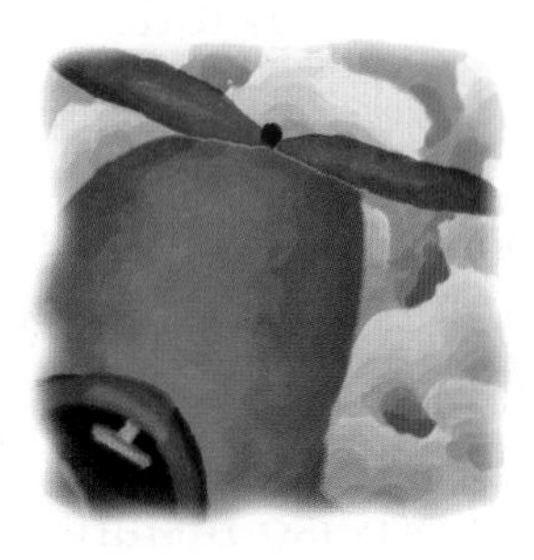

El asunto de Timo y Lola fue algo muy triste, pero ella tenía que ser honesta porque siempre había sido una chica muy correcta. Ni modo.

Sin embargo, aquí entre nos, Lola siempre había creído estar muy enamorada de su novio... hasta que conoció a Timo. Esa noche las cosas cambiaron mucho para ella. Con decirles que casi no pudo dormir en varios días.

Pero ya regresaremos a ese asunto después.

Por el momento, les diré que Gus estaba tan contento en esa época que hasta decidió regresar una tarde a la librería.

En cuanto lo vio entrar, el vendedor de libros se cercioró de que la puerta de la oficina de su jefe estuviera cerrada. Y pensó que lo mejor sería pedirle a Gus que se fuera pronto.

—¡Hola, señor! —saludó Gus con gran entusiasmo.

El vendedor miró la alfombra verde esmeralda de la tienda. Siempre que entraba Gus, dejaba marcas de sus pequeños pies descalzos, llenos de tierra.

—Hola, Gus.

Pero en ese preciso instante recordó algo y hasta se le iluminaron los ojos.

—Por cierto… Gus. ¿Hablaste al número de teléfono que te di?

—Claro que hablé.

El vendedor sonrió. No sería difícil que Gus abandonara rápidamente la librería.

—Entonces, seguramente ya no tendrás esa loca idea de comprarte un avión, ¿no?

Gus admiraba la foto de su avión, y miró hacia el frente como si ahí estuviera, con la puerta abierta y una escalera para poder subir.

—¡Claro que me lo voy a comprar! ¡Según don Rómulo ya me falta menos de un mes para terminar de juntar!

El vendedor hasta dejó caer un libro que tenía en las manos. Uno gordo como los de Lola, pero con muchos dibujos de *Mafalda*.

A Gus le dio mucha risa y el vendedor puso cara de enojado.

—¿De qué te ríes?

—De nada —contestó Gus, todavía riéndose.

El vendedor tomó el libro de las manos de Gus y lo volvió a poner en su lugar. Como dándole a entender que ya era hora de que se fuera.

—A ver... ¿cómo es eso de que ya casi juntas para tu avión? Solamente que sea uno de juguete.

—No. Es uno de verdad.

El vendedor vio hacia la oficina de su jefe y luego hacia *El gran libro de la aviación*. ¿Se vendería algún día el condenado libro?

—Eres un mentiroso, Gus —dijo para rematar.

Gus miró el libro de *Mafalda* que tenía el señor en sus manos.

—Usted me cae muy bien, señor Ruiz —dijo Gus—. Y cuando tenga mi avión lo voy a pasear en él por toda la ciudad.

Y diciendo esto, salió por la puerta dando de brincos.

XV

¡Qué decepción!

La vida parecía perfecta para Gus. Llevaba ahorrados más de dos mil pesos y Jorge no había faltado ni un sólo día a trabajar. Por eso, esa noche se había acostado muy cerca de Pepe y estaba durmiendo "como un bendito".

Pero algo iba a ocurrir muy cerca de la bañera de Gus (cosa que supe por Zilonn, mi amigo que sabe las cosas antes de que pasen) y esto me hizo pensar que tal vez sería buena idea bajar y hacer sonar mi silbato en los oídos de Gus.

Gus despertó hasta la sexta vez.

—¿Capitán? —dijo.

Pero yo estaba oculto detrás de un poste. ¿Por qué? Pues porque en realidad no deseaba que me viera a mí, sino lo que estaba a punto de ocurrir a unas cuantas cuadras. Gus me buscó con la mirada hasta que se quedó viendo fijamente hacia unos edificios que estaban ahí cerca. Vio cómo se estacionaba un automóvil negro a gran velocidad. Del automóvil bajaron varias personas. Y entre ellas, a Gus le pareció ver a un muchacho con los cabellos muy rubios. Tan rubios que no parecían ser naturales.

Gus se restregó los ojos con las manos y volvió a mirar a la distancia, en dirección al edificio donde se había detenido el coche negro.

Yo no perdía detalle. En los ojos de Gus se reflejó primero el desconcierto y luego la decepción.

No le gustaba nada lo que veía en esos instantes: estaba seguro de que el *Chapulín* se estaba metiendo por una ventana a una casa, mientras Jorge vigilaba los alrededores y el señor del coche negro esperaba, dentro del auto, un poco más delante.

Eran las cuatro y media de la mañana en punto; Gus tardó más de una hora en conciliar nuevamente el sueño. Y yo, otro tanto igual.

XVI

Cuando a uno se le llenan los ojos de agüita

A la mañana siguiente, lo único que sacó a Lola de sus pensamientos (que todos los días la hacían equivocarse al entregar el cambio a sus clientes), fueron los gritos de Gus y Jorge.

Lola había llegado un poco antes de las ocho de la mañana. Y es que últimamente trataba de llegar a trabajar antes que Gus porque, secretamente, abrigaba la esperanza de que Timo acompañara un día a Gus a la esquina y la viera. A lo mejor y hasta se animaba a pasar a saludarla. Y tal vez ella se decidiría a decirle que estaba a punto de terminar con su novio. Y en esos pensamientos estaba cuando Jorge y Gus llegaron al mismo tiempo a la esquina. Y empezaron los gritos.

Obviamente Jorge llegó como si no hubiera pasado nada, dispuesto a hacer su trabajo de siempre. Pero es que no sabía lo que Gus había visto a medianoche.

—A trabajar, mi cuate —dijo Jorge.

—Tú y yo, ya no trabajamos juntos —dijo Gus, muy molesto.

Jorge se dio cuenta de que Gus no era el mismo de siempre. Nunca lo había visto tan enojado.

—¿Pues qué pasó? —preguntó.

—Yo no trabajo con rateros —dijo Gus, contundentemente.

Jorge no pudo negar la acusación que le acababa de hacer Gus. Sólo miró hacia los lados, avergonzado. Varias personas lo miraban y seguían su camino. Tomó a Gus de un brazo y lo llevó aparte.

—¿Quién te lo dijo? —le preguntó.

—Nadie. Yo te vi anoche.

—Bueno. ¿Y a ti qué te importa lo que yo haga en las noches? —le reclamó.

—Pues nada, pero ya me caes gordo y no quiero trabajar contigo —dijo Gus.

En ese momento Gus sacó un trapito que le había pedido a Pedro.

—¿Qué vas a hacer?

—Voy a limpiar vidrios de coches —dijo Gus, quien seguía muy enojado.

929 FLN
D.F. MEX.

Jorge se empezó a enojar también. Le molestó que Gus no se diera cuenta de que si seguía haciendo ese trabajo de las mañanas era por él y por Chema. Lo que ganaba ahí no se comparaba con lo que obtenía por las noches. Pero eso no lo veía Gus.

—Eres un tonto. Y más tonto si quieres de veras juntar para tu estúpido avión —expresó Jorge, con toda la intención de herirlo.

Pero Gus ya no quería discutir con él. Se acercó a Rogelio, uno de los niños de esa misma esquina que limpiaba parabrisas. Él se había ofrecido a ayudarlo. Le acercó su trapito y le pidió que le echara tantita agua jabonosa.

Jorge, en cambio, siguió gritando:

—Eres un tonto, cuate. Yo tengo ahorrado ya mucho dinero. Muchísimo. Y a lo mejor hasta me compro un carro. En cambio tú, te vas a morir antes de poder juntar para tu tonto avión.

Y diciendo esto, se fue. Dio la vuelta a la esquina y se perdió de la mirada de todos los niños de la calle que limpiaban parabrisas. Gus tenía la intención de volverse uno de ellos.

Entonces llegó Chema, con bastante retraso. Gus le tuvo que decir que había tenido una discusión con Jorge y que ya no iba a trabajar con él. Pero no le dijo la verdadera razón de su disgusto. Chema le pidió que lo pensara mejor, mas Gus ya estaba decidido y aunque se había prometido que no iba a llorar, se le empezaron a llenar los ojos de agüita; como pasa cuando uno no los cierra en mucho tiempo. Por eso Chema ya no le dijo nada y aceptó su decisión, porque vio que estaba a punto de ponerse muy triste. Y él nunca había visto llorar a Gus.

XVII

¿Soy o no soy tu charro?

Don Rómulo se acordó de lo que le había dicho su esposa. Por eso cuando Gus preguntó cuánto tiempo más tendría que trabajar si en vez de hacer la torre humana limpiaba parabrisas, contestó aliviado:

—Otro mes.

Y lo dijo muy aliviado a pesar de que ya le preocupaba que Gus no abandonara su loca idea de comprarse un avión.

—Ni modo —dijo Gus, después de hacer cuentas con los dedos.

Y es que él sabía que limpiando parabrisas no se ganaba tanto dinero como haciendo la torre humana.

Entonces, de un brinco, bajó de un microbús nada menos que Timo, con todo y *Julieta*.

—Mi charro —dijo Timo—. Me enteré de que ya no vas a chambear en la esquina de la Diana. ¿Y ahora qué vas a hacer?

—Pues voy a limpiar parabrisas como Pedro. Hoy me va a enseñar.

—¿Y qué pasó con lo de tu avión?

Gus respondió, muy serio, casi como gente grande:

—Pues me voy a tardar otro mes.

Timo se quedó muy pensativo. Se puso a ver a *Julieta*, como si le estuviera buscando algo oculto, algún secreto. Alguna solución.

—Ya sé —contestó de repente—. Yo te voy a ayudar para que sea antes.

—¿En verdad?

—¡Claro! Acabo de decidir que voy a empezar a cantar en el metro.

Gus se quedó, como dicen, "con la boca abierta". Él sabía perfectamente que Timo no cantaba en el metro porque no le gustaban los espacios cerrados. Timo era mucho más feliz cantando al aire libre. Gus no pudo evitar sonreír.

—¿Soy o no soy tu charro? —preguntó Timo.

Pedro llamó entonces a Gus con un grito. Era hora de irse a trabajar. Gus se puso de pie de un brinco.

—Gracias, charro —le dijo a Timo.

Pero antes de que Gus se fuera, Timo lo detuvo. Miró hacia todos lados, cerciorándose de que nadie lo escuchara, y le preguntó, muy bajito:

—¿Y la bella Lola? ¿No te ha preguntado por mí?

Gus rió. Era la misma pregunta que le había hecho Lola el día anterior.

—Me pregunta por ti todos los días. Y me dijo que te diera este regalito.

Sacó de la bolsa de su pantalón un pequeño avioncito que le había salido en un paquete de galletas y que había decidido conservar para él. Pero pensó que, de todos modos, si ya pronto iba a tener el suyo (y de verdad) haría muy bien en dárselo a su mejor amigo. Todavía le quitó algo de migajas.

Timo tomó el avioncito de plástico como si se tratara de un hermoso diamante.

—¿De veras te lo dio para mí?

—Claro. Y te mandó saludar.

Y diciendo esto, salieron cada uno para sus respectivos trabajos nuevos. Uno a cantar en el metro y el otro a limpiar parabrisas en una esquina.

XVIII

El regreso del *Chapulín*

Justamente, el mismo día en que Gus pintó con crayón rojo en el puente la fecha en que, según él, terminaría de juntar para su avión (19 de octubre), empezó también a sentir que limpiar parabrisas no era tan malo. Lo había aprendido tan bien que él y Chema regresaron a su antigua esquina, y dejaron a Pedro en la suya. Y hay que decir que cuando esto ocurrió, Pedro se sintió aliviado, pues con Gus y Chema en su esquina, la competencia era mucha y las propinas cada vez menos.

Estaban a la mitad de un día muy soleado y con bastante trabajo cuando ocurrió algo que le llenó a Gus el corazón de alegría. Apareció el *Chapulín*.

—¡Hola, Gus! —dijo.

Tenía una sonrisa muy grande y sospechosa en la cara.

—Hola, *Chapulín* —le contestó Gus, quien descansaba un rato junto con Chema en la sombra.

—Te tengo una noticia —añadió el *Chapulín*—. Ya no voy a trabajar con Jorge en la noche.

—¿De veras? ¡Qué padre! —contestó Gus, muy contento.

Y le dio tanto gusto que hasta le invitó una paleta helada y le pidió que se quedara un rato para luego ir juntos a hacer avioncitos de papel al parque.

Entonces fue cuando se bajó Timo de un microbús, como un héroe de película. Casi hasta parecía al *Zorro,* con su chamarra negra, su larga cabellera y una pañoleta roja anudada en la frente. En cuanto lo vio, a Lola le empezó a brincar el corazón como si se le fuera a salir del pecho. ¿Por qué? Pues porque ese día tenía pensado darle una noticia. Una muy buena noticia.

—¡Qué onda! —les dijo Timo a los tres niños, que estaban echándose aire sobre la banqueta mientras platicaban—. Qué milagro, *Chapulín*.

Y diciendo esto, se aplicó de inmediato al asunto que lo llevaba hasta ahí. Sacó de

EN UN BARCO DE LUZ
CRUZARÉ UN MAR OSCURO
SI ME ESCO
CON COLOR
DE ESPERANZA
SOLO UNO PUEDE ENCONTRAR
LUNITA DE SAUCE SÁBANA DE TUL
ESTRELLA SIN BRILLO
UNO DESCUBRE LUNA
I SI NO

la bolsa trasera de su pantalón un billete de veinte pesos nuevecito y se lo extendió a Gus. Era la aportación de Timo para el avión de su amigo. No era mucho, pero seguro que terminaría antes de juntar.

—Mil gracias, charro —dijo Gus mientras doblaba el billete.

Y Timo, sin decir más, de un salto, intentó subirse a un microbús en movimiento, con todo y *Julieta* en la mano. Aunque la verdad es que se estaba queriendo lucir con Lola y casi se rompe toda la cabezota con un poste que no vio. Afortunadamente, pudo meterse apenitas al microbús y salir de escena tan rápidamente como había llegado.

Lola, desde luego, se espantó cuando vio que Timo casi se estrella contra un poste con todo y guitarra. Así que, en cuanto el microbús en el que iba trepado se perdió de vista, dejó su puesto encargado con el muchacho de las paletas heladas y corrió a ver a Gus.

—¿No se lastimó? —le preguntó, muy preocupada.

—¡No, qué va! Mi charro es más ágil que un gato —contestó Gus.

Y Lola, un tanto nerviosa, viendo para todo lados, dijo:

—Oye... ¿y no te preguntó por mí?

—¿Por ti...? ¡Claro! Y hasta me dio esto para ti.

Sacó de su pantalón una estampita de *Batman* que le había regalado el *Chapulín* y se la dio a Lola. En ella se podía ver al superhéroe subido en el batiplano. Lola la tomó con gran ilusión entre sus manos.

Y como Gus se dio cuenta de que le dio mucho gusto, se atrevió a agregar:

—Y me dijo que te quiere más que a *Julieta*.

Lamentablemente, Gus no se esperó a ver la cara que puso Lola, porque a lo mejor le hubiera podido explicar. Y es que Lola no sabía que la guitarra de Timo se llamaba *Julieta* y pensó que Gus se refería a otra muchacha. Por eso hizo una cara tan larga que casi le llegó al suelo.

Y de tan molesta que se puso no se arrepintió, ni tantito, de no haberle dado la buena noticia a Timo: que ya no tenía novio.

XIX

Las mejores alas

Con el inevitable andar del tiempo, el día que Gus había marcado en la pared del puente se acercaba cada vez más. Por eso, cuando fue 17 de octubre, me empecé a poner más nervioso de la cuenta. Gus ya estaba organizando una fiesta y hasta había repartido boletos para aquéllos que quisieran subir a su avión. Y lo peor de todo es que nadie le decía algo; al contrario, todos participaban. Hay que ver qué rápido se contagian algunas chifladuras.

Por eso, tomé una decisión y decidí jugarme mi última carta. Si lo que pensaba hacer no funcionaba, entonces me rendiría y tal vez yo mismo le pediría a Gus uno de sus famosos boletos para dar la vuelta en el *F-16*.

Le pedí a Furdeyann, un compañero mío que antes fue náufrago, que hablara con Gus. ¿Y por qué un náufrago, dirán ustedes? Pues porque antes de ser náufrago, Furdeyann era piloto de un avión, con tan mala pata que su avión se cayó en medio del mar y él tuvo que vivir solo en una isla por más de veinte años, comiendo sólo cocos y pescados. Así que Furdeyann era mi arma secreta, pues estaba convencido de que cuando hablara con Gus, éste se espantaría tanto de algún día tener que vivir solo en una islita, que pensaría mejor en otra cosa para gastar su dinero.

Qué equivocado estaba. Y qué poco conocía a Gus.

El caso es que Furdeyann y yo llegamos a media noche, como era mi costumbre, a visitar a Gus, quien dormitaba plácidamente dentro de su bañera. Furdeyann ya estaba muy bien aleccionado por mí. Me había prometido que iba a decir puras cosas malas sobre treparse a un avión. Casi, casi lo iba a comparar con subirse a un cocodrilo hambriento. Y hasta se vistió con sus antiguas ropas de náufrago: un calzón y una camiseta llena de hoyos, bastón de madera y barbas hasta la mitad del pecho.

Gus despertó al noveno silbatazo. Seguramente estaba soñando con un viaje a China en aeroplano.

—Hola, capitán... ¿Y este pepenador? —fue su primera frase.

Furdeyann lo miró con ojos que echaban chispas. No le gustaba que lo hubieran confundido con uno de esos señores que viven de lo que sacan de la basura.

—¿Cuál pepenador, niño? Soy un náufrago, que es distinto.

—Pues parece pepenador —dijo Gus.

Qué remedio. El caso es que, para no discutir, le pedí a Furdeyann que se sentara. Y hablé con Gus aparte.

—Mira, Gus... este señor fue piloto. Y quiero que te cuente sus experiencias pues ya se acerca el día en que vas a comprar tu avión, ¿no?

—¡Un piloto! ¿De veras? —dijo Gus.

Y su sonrisa y sus ojos crecieron como si tuviera enfrente un árbol de navidad con todo y regalos. Hasta Furdeyann se sintió importante.

—Claro que fui piloto, niño. Y de los buenos.

Gus me hizo a un lado y se sentó junto al náufrago, quien cada vez se sentía menos náufrago y más piloto.

—¿Y cómo es eso de volar? ¿Verdad que no hay nada mejor?

—*Eh*, pues...

—Porque yo me imagino que poder tocar las nubes es tan padre que a uno se le olvida todo lo demás, ¿no?

—Sí, pero...

—Y tener tan cerquita las estrellas, como si las pudiera uno apagar...

—Estee... sí, aunque...

—Y aterrizar un rato en la cima de los volcanes para...

El caso es que Gus tenía más ganas de hablar que de escuchar. Y cuando Furdeyann pudo por fin abrir la boca, me di cuenta de que hubiera sido mejor que la mantuviera cerrada.

—¡Bueno! —gritó el náufrago-piloto—. ¿Me vas a dejar hablar?

Gus calló y abrió los ojos igual que platos. Furdeyann se puso de pie y, como si fuera a dar una cátedra, empezó:

—¿Tú crees que sabes lo bueno que es volar, niño arrogante? ¿*Eh*? ¡Pues te equivocas! No tienes idea ni de la mitad de lo bueno que es volar. ¿Que si es bueno? ¡Es buenísimo! Yo, cuando volaba, era el más veloz y el mejor en acrobacias. Me gustaba deshacer nubes gigantescas, hasta

dejarlas como bolitas de algodón. Y luego, perseguía las aves que emigraban en grupo. *Ah,* pero déjame decirte que lo mejor es cuando volteas de cabeza tu avión y puedes ver el mar si miras hacia arriba y el cielo si miras hacia abajo. Es increíble.

Obviamente, Gus estaba que se volvía loco de oír tantísimas hazañas. Y yo... bueno... yo había empezado a sentirme enfermo.

—¿Y que hay de cuando se te acaba la gasolina a mitad del mar, *eh,* Furdeyann? —le pregunté, tratando de que no olvidara la misión que le había encomendado.

Pero él estaba tan entusiasmado con sus propios relatos que ya no había modo de traerlo de vuelta.

—Eso sólo les pasa a los tontos —dijo. Y continuó—: Te digo, Gus... que cuando manejes tu avión, tienes que poner los brazos bien firmes. Así, mira. Toca. ¿Verdad que son como de piedra? Pues así los tienes que poner porque si no, corres el riesgo de chocar con un peñasco. Cuando yo perseguía a los caza japoneses... ¿te conté que peleé en la segunda guerra mundial? ¿No? Pues siéntate.

Y para no hacerles el capítulo largo, Furdeyann y Gus estuvieron casi hasta el amanecer hablando sólo de lo maravilloso que es volar. Furdeyann le dio todos los consejos posibles: desde cómo abrocharse el cinturón de seguridad, hasta cómo volar al lado de las gaviotas sin chocar con ellas. Háganme ustedes el favor. Lo único que realmente le agradezco a ambos es que me hayan permitido dormir un rato dentro de la bañera (con los pies de fuera) mientras charlaban.

Eran las cuatro cuando Gus tocó mi propio silbato para hacerme despertar. Él y Furdeyann ya eran los mejores amigos y se rieron de mi sobresalto.

—Vámonos, Dunedinn, que ya es tarde —me dijo Furdeyann, quien estaba tan feliz como no lo había visto en mucho tiempo.

—El día en que vayas a hacer tu primer vuelo, estaré aquí —le dijo Furdeyann, quien ya me parecía más loco que el mismo muchacho.

Pero luego agregó algo que me hizo arrepentirme de todos los regaños que ya tenía preparados para él de vuelta a casa.

—Y no obstante, siempre recuerda que las mejores alas son las del corazón. Ésas no te las puede cortar nadie. Ni aunque te caigas al mar.

Gus saludó a Furdeyann como un militar saluda a su superior. Dio un brinco a su bañera y, abrazando a Pepe, continuó su vuelo a China.

Y yo... yo ya no pude agregar más.

XX

Prepárense para el despegue...

18 de octubre.
¿Qué puedo yo decir? Hacía un día esplendoroso. Todo parecía sonreír y yo no podía quitarme de encima la preocupación. Incluso hasta pensé hablar con *El Jefe* para pedirle ayuda. No quería ver a Gus pasar por la desilusión del día siguiente. Pero no sabía qué hacer. Y como el sol estaba tan radiante, pensé que no valía la pena estropearlo. Así que yo también puse buena cara y, siguiendo los consejos de Yoryenn, decidí esperar lo mejor. Pues qué caray.

Gus había llegado a la meta. Tenía exactamente cuatro mil setecientos ochenta y dos pesos... con treinta centavos. Hasta tenía diecisiete pesos de más. El corazón le brincaba de gusto: cuatro mil setecientos ochenta y dos pesos para comprarse un avión y le sobraba para la torta del día.

No obstante, en cuanto dieron las ocho de la mañana y Anita fue a despertarlo, Gus decidió que no le diría a alguien todavía que ya había terminado de juntar. Pensó que les daría la sorpresa ese mismo día en el parque a todos. Y al día siguiente, seguro que lo acompañarían a comprarse su avión y le ayudarían a escoger el color.

—¡Levántate, *Gusano* flojo! —exclamó Anita, quien parecía brillar con el día.

Gus echó carreras con ella hasta la esquina de la Diana, feliz de saber que nada podía hacer mejor el día. Bueno... sí. Tal vez algo: a lo lejos vio a un muchacho que se parecía mucho a Jorge porque también tenía los cabellos pintados de amarillo. Y pensó que lo único que podría hacer el día mejor sería poder hacer la torre humana de nuevo y volar de mentiritas por última vez. Pero Jorge seguramente estaría a esas horas apenas volviendo a su casa de su "chamba" nocturna.

Gus trabajó como todos los días, pese a los cuatro mil y tantos pesos que lo esperaban en su caja debajo del puente. Por eso cuando terminó su jornada, sentía que

le iba a explotar el pecho de las puras ganas de ir a su bañera, sacar sus ahorros y pedirle a don Rómulo que de una vez lo llevara a escoger su *F-16*. Estuvo a punto de decidirse, si no hubiera sido porque de un autobús grande y anaranjado se bajó…

—¡Charro! —gritó Gus en cuanto vio a Timo.

Timo se acercó a él y tomándolo de las axilas lo levantó, como si fuera a lanzarlo al cielo (seguramente leía un poco el corazón de Gus).

—¡Mi charro! ¿Cómo estás? —le dijo, mientras echaba un vistazo hacia el otro lado de la calle, ahí donde una muchacha de muchas pecas y grandes anteojos leía un libro muy gordo, cosa que lo entristeció un poco.

—Estoy mejor que nunca —dijo Gus, quien de veras no cabía de contento.

Y como Timo no quería estropearle el buen humor, sacó de inmediato su aportación monetaria y se la dio a Gus. Pero Gus, que no le había contado a nadie, no pudo aguantarse con su mejor amigo.

—Ya no es necesario, mi charro —dijo el pequeño—. Ya terminé de juntar.

Y Timo, que seguía mirando hacia el puesto de Lola, volteó a ver a Gus como si éste le hubiera dicho que se había sacado la lotería. Lo volvió a levantar en brazos y lo lanzó hacia arriba, capturándolo al caer (y ni así volteó Lola hacia allá, pero a Timo ya no le importó).

—Mi charro, eso hay que celebrarlo. Vamos a ir al zoológico, a las maquinitas de video y luego, te voy a llevar a ver una película.

—¿Todo eso? —dijo Gus, feliz—. ¿Y qué película será?

—Una muy, pero muy buena que tiene tu amigo el vendedor de libros en un escaparate: *Peter Pan*.

XXI

Susanita y el perro que no era malo

Eran las ocho y media de la noche cuando se terminó la película que vieron en una tele de la librería y todos se fueron a sus casas con la firme decisión de nunca crecer para poder ser como *Peter Pan*. Hasta el señor Ruiz, quien había tomado prestados de la librería varios cuentos de *Garfield* y *Charlie Brown*, estaba decidido a ser como un niño otra vez, aunque fuera sólo por esa noche.

Gus caminaba solo por las calles oscuras pensando que, aunque debía ser maravilloso subirse a un avión y volar, lo mejor sería hacerlo como *Peter Pan*, como un pájaro o como *Superman*. «¿Existiría en algún lado del mundo el polvo de hadas para hacer volar?», se preguntaba el pequeño.

Y en esas cavilaciones estaba cuando recordó que, aunque no pudiera conseguir el polvo de hada, sí podía comprarse un *F-16*. Y eso era como para resolverle la vida a cualquiera y ponerlo tan feliz que tuviera que correr para no explotar de alegría.

Corrió y corrió, a través de la calles, entre los autos y la gente, estirando los brazos hacia los lados como si él mismo fuera un avión. Incluso hasta se puso a hacer con la boca un sonido que más parecía de motocicleta que de turbina. Nada parecía poder ensombrecer su dicha y por eso corría cada vez más rápido. Sólo tenía en la mente llegar a su bañera, contar su dinero y prepararlo para su compra del día siguiente, tal vez el mejor día de su vida.

O al menos eso creía... hasta que llegó al puente.

Sentados en la banqueta contigua a su bañera estaban Pedro, Anita y Yeyé, quien tenía todavía la carita pintada de payasito pues venía de trabajar. Gus los reconoció desde lejos, pero no corrió hacia ellos porque le dio la impresión de que algo andaba mal. Y así era. En cuanto se acercó pudo darse cuenta de que Yeyé y Anita estaban llorando.

—¿Qué pasa? —preguntó asustado.

—Susanita está muy grave en el hospital —contestó Pedro.

Gus sintió cómo el estómago se le volteaba al revés y el corazón se le hacía chiquito.

—Andaba suelto el perro negro y a ella le dio mucho miedo —dijo Pedro—, así que se escondió detrás de una pared del edificio en construcción en el que duerme. Entonces el perro se le acercó y ella, al echarse para atrás, se tropezó y se cayó a un foso como de treinta metros en la misma construcción.

Yeyé continuó.

—Pobrecita. Al caerse se lastimó la cabeza. Pero como no podía gritar estuvo esperando varias horas hasta que se desmayó.

Gus se puso a llorar también.

—¿Cómo la encontraron? —preguntó.

Yeyé se limpió sus propias lágrimas y respondió, tras una leve sonrisa.

—El perro la ayudó. Estuvo ladrando hasta que fueron a rescatarla. Es un perro muy manso y noble, pero como está feo, a Susanita le daba miedo. Cuando yo llegué me dijeron que ya se la habían llevado al hospital. El perro se quedo llorando también. Hasta nos hicimos amigos.

—¿Y qué están haciendo aquí? —cuestionó Gus.

—Estamos esperando a don Rómulo para ver si nos quiere llevar en su microbús a verla —dijo Pedro.

Y en el preciso momento en que Pedro decía eso, como si hubiera hecho una invocación mágica, apareció el microbús de don Rómulo en el paradero. No esperaron ni un segundo para ir a decirle. Don Rómulo estaba a punto de apagar su microbús y bajarse cuando lo abordaron los niños.

—Don Rómulo, llévenos al hospital —dijo Pedro.

Le explicaron rápidamente y hablando todos al mismo tiempo. Por eso don Rómulo al principio no entendió. Tuvo que pedirles que se calmaran y que hablara sólo uno y sin atropellarse. Fue Pedro quien explicó. No tuvo que decir mucho; de inmediato el chofer les dijo que se subieran, que no había tiempo que perder. Pero cuando ya estaban todos arriba y don Rómulo movía la palanca de velocidades para avanzar, Gus repentinamente se bajó a toda prisa.

—Ahorita vengo —fue lo que dijo, sin esperarse a que lo entretuvieran con preguntas.

Todos se quedaron extrañados y sin decir nada. Cuando ya estaban muy ansiosos, reapareció Gus. Llevaba entre las manos una caja de cartón. Corrió de inmediato a uno de los asientos posteriores del microbús y, sin dar explicaciones, dijo:

—Vámonos, don Rómulo.

Cuando llegaron al hospital, los niños estaban más preocupados. No sabían qué tan grave era lo que le pasaba a Susanita. Pero lo bueno era que iban acompañados por don Rómulo y él podría hacer todas las preguntas necesarias. A la gente grande le gusta más dar explicaciones a otra gente grande.

Don Rómulo se estacionó al lado de una ambulancia y bajaron del microbús. El hospital tenía un nombre en un idioma extranjero y era muy bonito; tenia jardines y fuentes y muchas luces. A los niños les pareció que no podría haber un lugar mejor para que atendieran a Susanita. Hasta olía bien.

Entraron al hospital, seguían a don Rómulo, quien se detuvo frente a un mostrador muy alto, detrás del cual había dos enfermeras. Una gorda y otra flaca.

—Disculpe. ¿En qué cuarto está la niña Susanita...?

—¿La niña que tuvo una contusión? —contestó la enfermera obesa—. Sí. La van a trasladar porque necesita una operación que no le podemos hacer aquí.

—¿Se le puede ver? —preguntó don Rómulo de nuevo.

—No. Está en urgencias todavía —contestó la señora de blanco.

—¿Por qué no la pueden operar aquí? —cuestionó Yeyé.

La señorita, quien se veía como una de esas personas grandes a las que no les gusta tratar con niños, contestó de mala gana.

—Porque éste es un hospital privado, no público.

Yeyé no comprendió e insistió:

—¿Y eso qué significa?

Don Rómulo le contestó, un poco apenado con la señorita enfermera.

—Significa que aquí cuesta mucho dinero operarla. Y por eso la tienen que trasladar a otro hospital donde la puedan atender gratis.

Todos los niños, sin excepción, hicieron la misma cara de enojo.

—¿Y si se muere en el camino? —preguntó Anita.

—No se va a morir, no digas tonterías —dijo don Rómulo.

—Sí, ya sé. Pero, ¿y si se muere? —volvió a preguntar Anita.

Don Rómulo regresó al mostrador y preguntó a la enfermera.

—¿Qué tan grave está?

—Pues aquí en el registro dice que sí está grave todavía.

Se hizo un silencio entre los niños, que contrastaba con el ruido de los doctores, enfermeras y pacientes que pasaban por los pasillos aledaños. Don Rómulo no supo qué más agregar; sabía que no podía consolar de ninguna manera a los amigos de Susanita. Pero tampoco podía hacer algo. Entonces, Gus se acercó por un lado al mostrador —pues desde su altura no podía ver nada— y, sin avisarle a ninguno de los demás, extendió su caja a la enfermera.

—Que la operen aquí —dijo Gus.

—¿Qué dices, niño? —dijo la enfermera.

—Quiero que la operen aquí. Yo traigo mucho dinero en esta caja. Me iba a comprar un avión, pero ya no. Quiero que operen a Susanita.

Pedro y las niñas se miraron sorprendidos. Don Rómulo tragó saliva.

La enfermera tomó la caja y la abrió. Su compañera, la más delgada, se acercó, curiosa. Tomaron entre las dos los billetes y monedas que estaban en la caja.

—¿Cuánto es? —preguntó la gorda.

—Cuatro mil setecientos ochenta y dos pesos con treinta centavos —dijo Gus, orgulloso.

Entonces la enfermera miró a su compañera por un largo rato, sintiéndose mal consigo misma. Pero fue la delgada la que habló.

—No alcanza, pequeño —dijo.

—¿Por qué? —preguntó Gus extrañado, pues estaba casi seguro de que en esa caja estaba todo el dinero del mundo.

—Pues porque... porque... porque no alcanza —repitió la enfermera, sintiéndose la más ruin de todas las villanas.

Ni siquiera sabía explicar por qué no podían operar a Susanita por cuatro mil y tantos pesos. Si hubiera sido por ella, hasta hubiera hecho la operación gratis. Pero a ella no le correspondía esa decisión. Entonces, una enfermera que estaba por ahí cerca y que se parecía mucho a la esposa de Santa Clós, le cuchicheó algo al oído.

—Ahorita vengo —dijo la enfermera flaca. Y salió por una puerta.

La esposa de Santa Clós les explicó:

—Le pedí que llamara al doctor. Tal vez él los pueda ayudar.

Cuando regresó la enfermera, venía acompañada de un señor muy chaparrito y muy moreno, con una bata blanca y anteojos. Era el doctor.

—Son ellos —dijo la enfermera, señalando a los niños.

El doctor casi no tuvo que agacharse para hablar con Gus, quien ya tenía la caja de sus ahorros otra vez entre sus manos.

—¿Tú eres quien quiere pagar la operación de Susi? —preguntó.

—Sí —dijo Gus, y le ofreció la caja.

El doctor, con sólo mirar a Gus, descalzo, mucho más moreno que él y con los cabellos erizados, con una camisa vieja y un pantalón con parches, se acordó de cuando él también era muy pobre. Y recordó que cuando se metió a estudiar medicina, lo que más le importaba era curar a los enfermos, no ganar mucho dinero.

Por eso, le puso encima una mano a Gus, revolviéndole los cabellos.

—¿Cuánto dinero hay en la caja? —le preguntó.

Gus se lo dijo otra vez, muy orgulloso. El doctor lo pensó unos instantes. Después, dijo un poco triste:

—Yo puedo hacer la operación gratis. Pero hay que pagar el hospital. Aún así no nos alcanza, muchachos.

Gus se quedó muy pensativo. Todos lo miraban. Entonces, la enfermera que se parecía mucho a la esposa de Santa Clós le guiñó un ojo (adivinaron, se trataba de una amiga mía: Yundenn, quien antes era doctora y que, por petición mía, acudió a ver en qué podía ayudar).

Gus tuvo una inspiración súbita. Y supo de inmediato lo que tenía que hacer.

—Yo sé quién nos puede ayudar —dijo—. Vamos, don Rómulo.

Miró al doctor y, con una cara muy seria, casi de gente grande, añadió:

—Opérela, doctor. Yo traeré el dinero.

Y diciendo esto, salieron del hospital él y don Rómulo como si los fueran persiguiendo. Todos se les quedaron viendo. Hasta el doctor se tardó en reaccionar. Y precisamente cuando ya iba a correr a la sala de operaciones para atender a Susanita, Yeyé lo cogió de la bata y lo detuvo.

—¿Qué pasa, nena? —dijo el doctor.

—¿Puedo estar ahí cuando la operen?

—Pues... si quieres, pero, ¿por qué?

—Los payasitos damos buena suerte. Y ahorita, eso necesita mi amiga.

XXII

¿Cuánto cuesta un amigo?

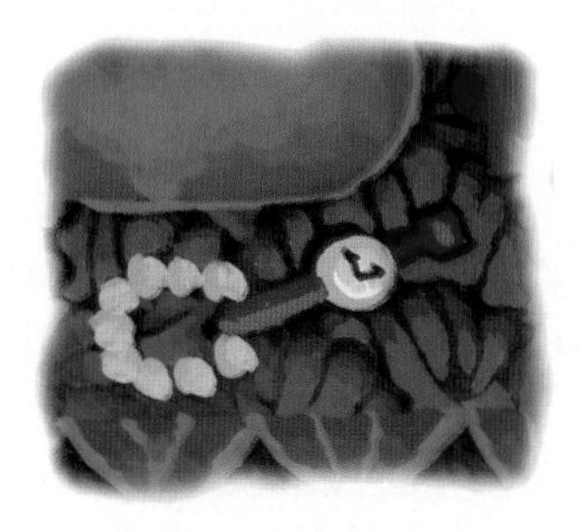

El plan de Gus era simple y efectivo, pero no fácil.

Él y don Rómulo debían transitar por prácticamente todas las calles del centro de la ciudad. ¿Su misión? Detectar un automóvil negro muy grande, con un hombre gordo de lentes oscuros dentro.

Y justo cuando ya se estaban desilusionando y don Rómulo comenzaba a pensar que la gasolina de su microbús no tardaría en acabarse, Gus gritó:

—¡Don Rómulo! ¡Ése es! ¡Ahí está!

Don Rómulo no lo podía creer. Llevaban casi tres horas dando vueltas.

—Eso es buena suerte —dijo.

Estacionaron el microbús en una callecita cercana.

—Vamos —dijo don Rómulo.

—No. Voy yo solo —replicó Gus.

—¿Cómo? No puedo dejarte ir solo. Son delincuentes, pueden hacerte algo.

Gus lo tranquilizó.

—Acuérdese de que Jorge fue mi amigo una vez. Es más, creo que lo sigue siendo.

Don Rómulo asintió pero le dijo que si no regresaba en veinte minutos, iría a buscarlo. Gus aceptó el trato y se bajó del microbús para acercarse a la casa a la que seguramente se habían metido a robar.

La calle estaba muy oscura, pese a la distante luz de la estación de gasolina. Pero eso le sirvió a Gus para poder acercarse sin que el señor del carro negro lo viera. El hombre leía un periódico con una linternita; Jorge seguramente ya estaría adentro.

Se trataba de una casa grande, con una reja muy alta y con un amplio jardín. Gus se sorprendió pues no tenía miedo.

Brincarse la barda no fue problema, ya que se ayudó con un árbol que estaba cerca. El problema fue encontrar por dónde había entrado Jorge a la casa. Le dio vueltas al edificio por todos lados, recorriendo el jardín, hasta que detectó una pequeñísima ventana que seguramente conducía al sótano. Cuando se metió, con algo de trabajo, pensó en el *Chapulín*. Por eso Jorge había escogido al más pequeño del grupo: porque era más fácil que se metiera primero él para después abrirles la puerta desde adentro a los demás asaltantes.

Se deslizó hasta el suelo y tuvo que acostumbrarse a la oscuridad, para no golpearse con los muebles.

Efectivamente, era una casa muy grande y con muchas cosas. Pero no se veía a Jorge por ahí, así que tuvo que salir del sótano. Encontró a tientas las escaleras y comenzó a subirlas. Un ruidito como de metales que chocan se oía en la parte superior. Seguro que era Jorge quien causaba tales sonidos.

Llegó a la planta baja de la casa. Gus admiró el lujo con el vivía la gente de ahí. Tenían un piano, muchas alfombras, cuadros y figuritas encima de los muebles.

Siguió caminando con sigilo, cosa que no era muy difícil para él pues cuando se anda sin zapatos, casi no se hace ruido. Atravesó la estancia del piano y llegó al comedor. Una luz muy ligerita alumbraba hacia un cajón: era la linterna que sostenía Jorge, quien estaba todo vestido de negro. Un gran costal se encontraba a su lado.

Gus tuvo que acercarse más para no tener que levantar la voz al hablarle.

—Jorge —dijo.

Y éste, como era de esperarse, se asustó y dejó caer un reloj que tenía en las manos. El ruido fue bastante notorio. Jorge miró a Gus como si viera a un fantasma. Los dos se quedaron quietos, esperando que alguien de la casa se hubiera despertado. Pero no se escuchó nada.

—¿Qué haces aquí? —cuchicheó Jorge, después de un rato.

—Necesito tu ayuda. Susanita se está muriendo y no nos alcanza para pagar la operación. Tú eres el único que tiene dinero.

Jorge lo estudió. Se había necesitado mucho valor para llegar hasta ahí.

—¿Ahora sí no te importa que sea dinero sucio? —dijo Jorge, molesto.

—Si es para salvar a Susanita, no —contestó Gus, desafiante.

—¿Y por qué no pones lo de tu mugroso avión?

Gus levantó la voz un poco cuando le contestó. Ya casi estaban discutiendo.

—Ya lo puse. Pero no es suficiente. Vale más la vida de una persona que un avión, tonto.

Entonces, se encendió una luz en la parte alta de la casa; de pronto se iluminó levemente la habitación en la que estaban los dos muchachos.

—¿Quién anda ahí? —dijo una voz.

Ambos se quedaron mudos y quietos. Pero no bastó. Se empezaron a oír pasos de una persona que bajaba las escaleras. Sería imposible que no los viera.

Jorge se puso nervioso. Nunca le había pasado algo así. En todos sus asaltos había podido huir impunemente. Y por más que pensó, sólo pudo concluir una cosa: tenían que salir de ahí antes de ser vistos.

—¡Corre! —dijo Jorge.

Y así lo hicieron. Corrieron por las escaleras que llevaban al sótano. Cuando llegaron ahí, alcanzaron todavía a escuchar que la voz decía:

—Luisa, se metieron unos ladrones. Tráeme la pistola.

Jorge empujó a Gus por la ventana para que saliera él primero. Llegaron al jardín en un santiamén y corrieron hacia la reja. La subida por ese lado de la casa era más difícil pues no había árboles. Gus se quedó petrificado frente a la barda hasta que lo alcanzó Jorge.

—¿Qué hacemos? —dijo el pequeño.

Se prendieron varias luces dentro de la casa, detrás de ellos. Y se oían ruidos de voces. Había que actuar rápidamente.

—Ya sé. Ayúdame a subir a aquella barda de cemento. Y ya arriba, te jalo yo con mi chamarra —contestó Jorge.

Corrieron hacia la barda de piedra, que bien podía sostener a Jorge de pie para que ayudara a subir a Gus una vez arriba. El pequeño juntó sus manos para que Jorge apoyara su pie. De un brinco Jorge alcanzó el borde. Y en ese momento Gus no pudo evitar pensar: «Si Jorge huye en este momento, estoy perdido».

Pero Jorge no lo pensó dos veces. Se quitó la chamarra a la velocidad de la luz pues había alcanzado a ver, desde donde estaba, que una persona con un arma ya salía por la puerta principal.

Aventó la chamarra para abajo, tomándola por una de las mangas.

—¡Agarra la otra manga con todas tus fuerzas! —le dijo a Gus.

Jorge tiró de la chamarra, poniéndose todo colorado, pero pudo subir a Gus en el primer intento.

—Quédate aquí. Voy a brincar a la calle y cuando yo te diga te avientas para que te atrape.

Jorge brincó hacia la calle, pero la altura lo hizo trastabillar y se lastimó una rodilla, cayendo a tierra. Gus se espantó. Una voz gritó:

—¡Alto o disparo!

En ese momento llegó a la escena don Rómulo, quien en un principio no comprendió lo que pasaba. Vio a Jorge en el suelo y ya lo iba a auxiliar cuando éste se puso de pie como si no le hubiera pasado nada en la rodilla.

El hombre del auto negro vio todo por el espejo retrovisor. En un abrir y cerrar de ojos arrancó el auto y salió huyendo.

Jorge ya se había puesto de pie y, alzando los brazos hacia Gus gritó:

—¡Ahora! ¡Brinca!

Pero cuando Gus iba a agarrar impulso, sonó un disparo.

Jorge y don Rómulo se quedaron helados. No podían creerlo. Gus se tocó el pecho, por donde había salido la bala que entrara por su espalda y se dejó caer.

Jorge pudo atraparlo todavía, pese al dolor de su rodilla. Pero Gus ya no se movió.

XXIII

Los muertos no hablan

Era el 19 de octubre, como recordarán. El día se puso muy nublado y no se podía ver algo desde acá arriba, por eso varios de nosotros tuvimos que bajar para presenciar lo que estaba pasando. Además... la verdad, queríamos estar ahí.

Cuando llegamos al puente, pensamos que a lo mejor había coincidido con una de esas grandes manifestaciones que se hacen en la Ciudad de México, porque había tanta gente que ni se podía pasar. Pero no era así. Todas esas personas habían asistido a darle el último adiós al pequeño Gus. Casi se hubiera podido llenar un teatro completo con todos los asistentes.

A empujones nos acercamos Furdeyann, Zeredionn, Yundenn y yo en la parte de adelante. La escena era muy triste (excepto, claro, para nosotros que sabíamos lo que los demás ignoraban). Sobre la bañera, que habían volteado entre don Rómulo, Chema y Jorge, yacía el pequeño Gus, muy quietecito. Los papelitos de colores se habían caído al suelo y se volaban con el viento que ya empezaba a soplar.

Todos los asistentes lloraban. Y es que todos querían mucho a Gus. Entre los presentes estaban todos sus amigos. Estaba Lola, por ejemplo, quien no dejaba de quitarse los anteojos para pasarse un pañuelo por los ojos; el señor Ruiz, quien llevaba entre sus brazos *El gran libro de la aviación*, pues quería regalárselo a Gus, aunque éste ya no pudiera leerlo; estaban, por supuesto, Yeyé, Anita, Pedro, Chema el *Chapulín* y... desde luego Jorge, quien tal vez fuera el más desconsolado. Susanita no había podido asistir porque seguía en el hospital... recuperándose. Jorge había dado todo su dinero para pagar la operación, la cual había sido un completo éxito.

Todo el mundo estaba ahí. Juan, el de las tortas, el globero y el chicharronero del parque México, la señora de la tienda, el licenciado Gumaro Oropeza, el doctor que había operado a Susanita y las enfermeras gorda y flaca. Y todos los niños de la calle de la Ciudad de México, desde payasitos, limpiadores de parabrisas, cuentachistes y cantantes. Todos, hasta el jefe del señor Ruiz y el señor que había disparado el arma estaban ahí, éste último muy arrepentido (nunca lo habría hecho si no hubiera estado tan oscuro).

Todos habían asistido al funeral de Gus… excepto Timo.

¿Por qué? Pues porque Timo había estado encerrado en su casa componiéndole una canción a Lola con la que quería ganar su cariño. Por eso cuando fue al puente para pedirle su opinión a Gus acerca de su nueva canción, se sorprendió al ver tanta gente reunida. Así que le preguntó al primero con quien se topó.

—Oye… ¿qué pasa aquí?

Le contestó un niño que cantaba corridos en el metro.

—Se murió Gus, el niño que hacía acrobacias en la esquina de la Diana.

¿Y qué creen que fue lo que hizo Timo?

Muchos de nosotros pensaríamos que se habría echado a llorar, como todas las demás personas. Pero hay que recordar que Timo no era como las demás personas. Con cara de extrañeza, se abrió paso entre la gente ayudándose con *Julieta* y se acercó a la bañera. Miró a Gus por varios minutos y todos los que rodeaban la bañera se le quedaron viendo como si estuviera loco. ¿Por qué? Pues porque Timo empezó a sonreír. Y no sonreía como cuando uno está simplemente contento, sonreía como si estuviera participando de una gran broma.

Hasta la señora de la tienda de la esquina lo reprendió:

—Más respeto, joven.

Pero Timo, sin hacerle caso, se acercó y se arrodilló ante el pequeño Gus. Luego, le susurró al oído:

—Charro... no seas payaso. No te hagas y levántate.

Como lo leen.

Y en ese instante, Gus, que mantenía los ojos cerrados y las manos bien juntitas sobre su estómago, le respondió a Timo, en un murmullo y apretando los labios para que nadie se diera cuenta de que hablaba:

—¿No se supone que estoy muerto, charro?

Timo le respondió.

—No. Y si no te levantas tú solito, te levanto yo de los cabellos.

La gente ya comenzaba a murmurar, confundida.

—Pero me pasó una bala por el corazón —dijo—. Yo por eso estaba pensando que ya me había muerto.

—Será que hay corazones tan grandes que necesitan más de una bala para romperse. Mira: el día que tú ya no puedas contar chistes, cantar mis canciones o soñar con que te compras tu avión, yo voy a ser el primero en saberlo, porque yo soy tu charro. Así que levántate de una vez, flojonazo.

Y Gus se levantó.

¿Que qué fue lo que pasó entonces? ¿Pues qué se imaginan?

Fue un corredero que para qué les cuento. La mayoría de los asistentes, empezando por la señora de la tienda, no pudieron aguantar el ver a un "muerto" pararse y empezar a hablar. Unos chocaban con otros y se hizo tal relajo que hasta los coches empezaron a tocar sus bocinas, los perros a ladrar y los bebés a llorar.

En menos de cinco minutos ya estaba todo eso vacío como siempre. Al final sólo quedaron Timo, los niños de la calle y nosotros, los otros ángeles.

—¿Entonces qué fue lo que pasó? —dijo Jorge, quien era tal vez el más confundido de todos, pues había visto cómo la bala le había atravesado el pecho.

¿O sería Gus el más confundido? En fin. El caso es que tuve que hablar yo, pues me sentía altamente responsable de todo ese lío.

—Pues verán , muchachos... tal vez es momento para que sepan que...

Pero Timo no me dejó terminar. Vaya muchacho, ni siquiera me dejó empezar.

—¿Qué importa lo que pasó? —dijo con gran alegría—. El chiste es que Gus está vivito y coleando. Así que propongo una fiesta. Y que aquí el capitán dispare los refrescos.

Todos corearon un "¡viva!" y yo no tuve más remedio que invitar los refrescos.

XXIV

Primera parada: el cielo

Al día siguiente, el sol estaba tan radiante que parecía que se reía. Y tal vez era así, porque para muchos el día era inmejorable.

Gus se levantó un poco tarde porque la fiesta terminó ya entrada la noche. Así que en cuanto sintió las carcajadas del sol en la cara, abrió los ojos y se paró de un brinco. Había dormido tan profundamente que ni se había fijado que ya no tenía los papelitos de colores en la bañera. Lo primero que vio fue el letrero que él mismo había pintado: 19 de octubre. Era la fecha para conseguir su avión. «Ni modo», pensó.

Lo importante es que Susanita estaba bien. Ya habría tiempo para ahorrar otros cuatro mil y tantos pesos.

Cuando se fue a lavar la cara a la llave del paradero de microbuses, se encontró a don Rómulo, quien lo recibió con un fuerte abrazo.

—¡Vaya susto que nos pusiste ayer, demonio de niño! —fue lo que dijo. Y le compartió de sus galletas.

Pero Gus no tenía tiempo qué perder, ya ni siquiera estaban Anita y Pedro en su colchón, hasta ellos habían abandonado el puente de tan tarde que era.

Por eso Gus corrió a toda prisa para llegar a la esquina de la Diana. Llevaba en una mano su trapo y en la otra una botella con agua jabonosa. Entre más rápido volviera a trabajar, más pronto volvería a juntar para su avión.

Llegó casi derrapándose a la esquina. Pero luego luego se desconcertó, porque pensó que a lo mejor se había equivocado y era domingo, ya que ninguno de los niños de la esquina estaba en sus labores. Se acercó a Lola y le preguntó qué pasaba.

—A ver cuando nos vuelves a jugar una bromita tan pesada *¿eh?* —le dijo, para luego agregar—: Todos están en esa esquina, rodeando a aquel señor.

Gus corrió hacia allá, picado por la curiosidad. Cuando llegó se adhirió al grupo de niños de la calle que rodeaban nada menos que al licenciado Gumaro Oropeza. Entre ellos estaban todos sus amigos: Pedro, Anita, Yeyé, el *Chapulín*, Chema y Jorge (que ya tenía el cabello nuevamente de su color natural), además de otros. Pero en cuanto llegó, se disolvió el grupo, pues el licenciado salió corriendo como si tuviera mucha prisa.

—*Ranita,* ¿qué me perdí? —preguntó el pequeño Gus.

—Mañana vamos a ir a la casa hogar para conocerla. Quién sabe, a lo mejor nos gusta y nos quedamos, ¿no? —le respondió Anita.

Entonces, sintió que alguien lo jaloneaba de los cabellos. Era Jorge.

—¿Por qué llegas tan tarde, *eh*? ¡A trabajar, que si no, no vamos a juntar ni cinco pesos! —le dijo.

—¡Sí, señor! —contestó Gus más que contento.

Así que regresaron a su esquina. Pero en el camino Gus le preguntó:

—¿Ya no tuviste problemas con la policía?

—No. El licenciado Oropeza respondió por mí. Por eso mañana voy a ir a la casa hogar. Y tal vez hasta me quede, ¿no?

Todo estaba listo para que volvieran a hacer la torre humana. Como en los viejos tiempos. Los demás niños decidieron quedarse un rato, pues como ya era tarde no tenían demasiadas ganas de volver al trabajo (y menos cuando tenían la promesa de irse a vivir a una casa todos juntos, con tele, baños de burbujas y toda la cosa).

En eso llegó Timo, bajándose, como siempre, de un microbús en movimiento. Sólo que ahora se bajó del lado de la calle en donde estaba el puesto de dulces de Lola. A ella le brillaron los ojos en cuanto lo vio llegar. Él se puso nervioso. Estuvieron mirándose sin decirse nada hasta que él se animó a comprarle una paleta de dulce. Y ella se tardó mucho rato en devolverle su cambio.

Timo sacó un pequeño avioncito de su pantalón y dijo:

—Gracias por el regalito.

Y luego, Lola extrajo de su bolso una estampita doblada de *Batman*.

—No. Gracias por el detalle.

Gus los miraba desde la otra calle y se alegró por ellos. Luego, volteó a ver a sus amigos. Nada más faltaba Susanita.

—Oye, Yeyé —dijo—. ¿Cómo está Susanita?

—Mejor que nunca —dijo Yeyé—. Y el doctor me dijo que en unos días hasta nos va a dar una sorpesa.

—¿Qué sorpresa? —preguntó Gus.

Pero el semáforo ya estaba por ponerse en rojo y Jorge no quería que siguieran perdiendo tiempo.

—¡Órale! ¡A trabajar, que no tenemos todo el día! —exclamó, con toda la autoridad que le infundían sus 12 años.

Y diciendo esto, jaló a Gus y a Chema a la orilla de la banqueta, a esperar el cambio de luz.

Timo se dio cuenta y, sin sacarse la paleta de dulce de la boca, le dijo a Lola:

—¿Te encargo tantito a *Julieta*?

—¿A quién? —preguntó ella, extrañada.

—A *Julieta*, mi guitarra.

Lola sonrió ampliamente. Todo había sido un mal entendido. Luego, se quitó los anteojos y le plantó un beso muy tronado a Timo.

—¡Claro que te la cuido!

El semáforo se puso, por fin, de color rojo (igual que Timo se puso por el beso). Y Gus y los muchachos corrieron hacia el centro de la calle.

Timo, un poco atontado, corrió a alcanzar a Gus. Quería decirle algo muy importante antes de que iniciara su día de trabajo.

—Hola —lo saludó Gus, quien estaba por subirse a los hombros de Chema.

—Hola, Gus —le dijo Timo—. Sé que tal vez estés triste por lo de tu avión. Por eso quería decirte esto: debes saber que las mejores alas son la que tienes en el corazón. Ésas nadie te las puede quitar. Con ésas puedes conseguir todo lo que tú quieras. ¿Me oyes? Todo lo que tú quieras.

—¡Apúrate, Gus! —le gritó Jorge, impaciente.

Timo volvió a la banqueta, al lado de Lola, mientras Gus y los muchachos terminaban de formar la torre humana.

Pero Gus se había quedado pensando en lo que le acababa de decir Timo. Era la segunda vez que le decían lo mismo... ¿tendría algún significado especial?

Jorge comenzó a caminar con los dos muchachos encima de él, haciendo círculos. Gus, en la parte de arriba, sintió que se le colmaba el corazón de felicidad. Casi sintió que le iba a estallar. Era la misma sensación que sintió cuando había terminado de juntar los cuatro mil y tantos pesos para su avión. La sensación de que todos los sueños son posibles si se desean

de todo corazón: incluso el de que un niño de la calle se compre un *jet* supersónico.

Así que empezó a reír. Y a reír. Y a reír como si le hubieran contado el mejor de los chistes. Y cuando llegó el momento de bajarse de los hombros de Chema, no lo hizo. En vez de eso, siguió riendo. Chema se preocupó pues necesitaba que Gus se descolgara de sus hombros para bajarse él. Jorge también se empezó a angustiar. Y Gus sólo reía.

El semáforo cambió a verde, pero los autos no se atrevieron a avanzar porque la torre humana de los tres niños seguía frente a ellos y entonces comenzaron a tocar sus bocinas. Y Gus, sólo reía, pues acababa de comprobar el significado de las palabras de Timo: para poder volar… sólo basta desearlo con todo el corazón.

—¡Gus! ¿Qué haces? ¿Estás loco? ¡Bájate ya! —le gritaba Jorge.

Pero Gus se sentía tan contento que no sólo quería reír, sino también cantar… o bailar… o tal vez…

Entonces ocurrió lo que tenía que ocurrir algún día.

Gus separó los brazos, extendiéndolos y… como si se ayudara con su propia risa… empezó a volar.

Chema se dio cuenta de que Gus se había separado de sus hombros y casi grita del susto, pues pensó que se había caído. Pero en vez de ello, vio que los pies de Gus flotaban por encima de él y se quedó con la boca abierta. Jorge también sintió que de pronto se aligeraba el peso sobre sus hombros y gritó:

—¡*Hey*! ¿Qué pasa allá arriba?

—Nada. Que Gus está volando —dijo Chema.

Los autos dejaron de sonar sus bocinas, pues los automovilistas no daban crédito a sus ojos, los niños de la calle tampoco. Y toda la avenida detuvo su actividad ante el prodigio. Así que el pequeño Gus, repentinamente consciente de lo que él mismo estaba propiciando, pensó que no era buena idea seguir estático encima de Chema, simplemente flotando como un globo y decidió probar esa nueva habilidad que no conocía. Envuelto en su propia alegría, comenzó a dar vueltas por encima de los autos, luego hizo varias piruetas alrededor de los edificios y voló en picada hacia las cabezas de sus propios amigos.

—¡Gus, estás volando! —gritó Yeyé dando brincos.

—¡Síiii! —contestó Gus al pasar junto a ellos.

Se paró de cabeza... giró... se columpió en el aire... e hizo lo que quiso para maravillar a quienes veían. Se paró encima de la fuente de la Diana Cazadora y hasta caminó por encima de unos cables de luz, como si estuviera en el circo.

Entonces pensé que ya estaba bueno; que tenía que hablar con Gus lo antes posible. Si no, el muchacho acabaría por creerse que podía volar por toda la ciudad asombrando a todo el mundo sin ofrecer ninguna explicación. Pero afortunadamente, Gus me facilitó las cosas.

En una de tantas acrobacias aéreas que Anita le aplaudía a rabiar, el niño puso sus ojos en el cielo. Todo ese afán de querer volar, había nacido por un único deseo, el de poder estar en el cielo, entre nubes y estrellas. Y ese deseo se hizo, súbitamente, más y más fuerte, casi incontrolable. Miró el ancho y vasto cielo azul y sintió que tenía que irse para allá. De algún modo sintió que ése era su lugar. Así que dejó de hacer locuras en el aire y se detuvo. Miró a sus amigos y les sonrió. Se aseguró de que Timo lo viera y le hizo un ademán de saludo. Luego, se propulsó en dirección al infinito, hacia una nube con forma de conejo que le gustó y que fue la primera para iniciar su exploración.

—¡Ése es mi charro! —dijo Timo sin dejar de apretar la mano de su nueva novia, Lola.

—Adiós, *Gusano* —dijo Anita. Aunque Gus ya no la alcanzó a escuchar.

Llegó el pequeño a la gran nube y se sentó. Desde ahí pudo contemplar toda la ciudad y le pareció magnífica. Pudo ver desde el Ángel de la Independencia hasta el aeropuerto y los estadios de futbol, que parecían de juguete. Podía verlo todo: al licenciado Oropeza tratando de encontrar su camino y a don Rómulo, en su microbús, subiendo gente en una parada; podía ver su puente y, no obstante, no lo extrañaba. Sentía que ahí, sentado en esa nube, estaba por fin en el hogar.

Y ahí estaba Gus, contemplaba tan ensimismado la ciudad, que cuando llegué creí que iba a tener que hacer sonar mi silbato para despertarlo.

—Hola, Gus —dije.

Gus se sorprendió por primera vez al verme, cosa perfectamente normal, considerando que no es usual ver a alguien caminando sobre una nube.

—¡Hola, capitán! ¿Qué haces aquí?

Así que acomodé un poco de nube y me senté a su lado, echándole un brazo sobre los hombros. La explicación iba a ser bastante larga.

XXV

Y colorín, colorado...

Bueno... pues ha llegado el momento de decir "colorín, colorado".

Pero vamos a hacerlo de un modo distinto. ¿De acuerdo? Para ello, le voy a pedir a Zilonn (mi amigo que puede contar las cosas antes de que pasen) que nos lleve un ratito al futuro para ver cómo serán las cosas en unos años. ¿Sale?

Todos nuestros amigos se fueron a vivir a la casa hogar del licenciado Oropeza y se dieron cuenta de que estudiar no tenía nada de difícil, comparándolo con limpiar parabrisas o hacer maromas en un semáforo. Por eso todos fueron muy buenos estudiantes y sacaban puros dieces en la escuela. Chema llegó a ser un gran ingeniero (y le encanta construir torres de verdad); Jorge se volvió un gran doctor y dos días de la semana atiende a niños de la calle sin cobrarles un centavo; Yeyé es una gran futbolista y juega como guardameta en la selección femenil mexicana; Anita se convirtió en una excelente pintora y se fue a vivir a Francia; Pedro inició un negocio de autolavado y le fue tan bien que se hizo millonario, así que la mitad de sus ganancias se las da al licenciado Oropeza para que haga crecer su casa hogar; el *Chapulín* creció tanto que le empezó a gustar el basquetbol y ahora juega en la NBA con los *Nicks* de Nueva York; y Susanita... bueno, Susanita se volvió cantante de ópera. Después de que el buen doctor (corto en estatura, pero grande de corazón) le salvó la vida, también la curó de su defecto en el habla. Y hoy Susanita da conciertos gratis en el Palacio de Bellas Artes para todos los niños de la calle.

Timo, por su parte, se casó con Lola. Él se dedicó a tocar la guitarra y ya tiene varios discos grabados. Ha viajado por todo el mundo y no deja de subirse a los camiones (esté donde esté, ya sea en París, Londres o Tokio) para cantarle a la gente. Lola se convirtió en una gran abogada; y lo

primero que hizo cuando recibió su título fue meter a la cárcel al señor gordo de los lentes oscuros, quien usaba a los niños de la calle para cometer sus fechorías.

¿Y Gus? Bueno... Gus no ha dejado de ser él mismo. El Cielo es como la *Tierra de Nunca Jamás* en la que vivía *Peter Pan;* aquí los niños no crecen. Por eso Gus aún duerme con Pepe en una nube —que él mismo pintó de colores con un arco iris— y todavía tiene el sueño muy pesado. Además, es uno de los favoritos de *El Jefe.*

Por eso no es difícil ver, a veces, a Gus sentado en una banqueta platicando con Timo, o jugando futbol con Yeyé o echando carreras con Anita. Porque *El Jefe,* que lo quiere mucho, le da permiso.

Después de todo, aunque a veces se nos olvide, Gus sigue siendo un niño de la calle. Aunque ahora juegue con las estrellas y no necesite un avión para volar.

Impreso en los talleres de
Compañía Editorial Ultra, S.A. de C.V.
Centeno 162, local 2, Col. Granjas Esmeralda,
C.P. 09810, México, D.F.
Junio de 2005